精装插图版

偷影子的人

〔法〕 马克·李维／著

段韵灵／译

*Le voleur
d'ombres*

Marc Levy

湖南文艺出版社
HUNAN LITERATURE AND ART PUBLISHING HOUSE　博集天卷
CS-BOOKY　Laffont/SLA

偷 影 子 的 人

Le voleur d'ombres

献给宝玲、路易和乔治

马克·李维中文版序

《偷影子的人》缘起于我对童年时代的回忆。

当我还是个小男孩时，我总是觉得自己与众不同，孤零零的。然而说到底，每个小孩都会觉得自己与其他人不一样吧！

在我们整个童年时期，甚至青少年时期，我们总是试图掩盖自己的不同，试图变得跟别人一样，试图融入大众之中，试图加入某一个群体。这也许是因为我们所具有的独特性让我们感到害怕。还因为童年总是残酷的，这种与众不同可能会招来各种嘲弄和讥讽。然而正是这些独一无二之处造就了我们，我们不断从中汲取养分，并逐渐确立自己的身份。

打磨并确立我们的身份并不是件简单的事。在古老的年代，一个人的身份来源于他所属的村落以及他所从事的职业。而现在，小村落变成了大都市，一份职业也不再足以定义出真实的我们，未来总是不确定的。那么，怎样才能成为真正的一个人并将我们的身份维持一生？怎么才能把我们的独特之处变成我们的优势而不是弱势呢？

偷影子的人在给别人帮助的过程中解决了这个问题。

他具有这样的能力，能够偷听到人们内心深处的不安、疑虑，以及他们不为人知的梦想。

我相信在某种程度上我们都拥有这样的能力，只要我们愿意去倾听、去观察，真诚地去关心在我们身边的我们所爱的人。只要拥有强烈的意愿，我们就都可以听到他们不敢说出口的话语，透过表象追寻真相。

还是让我们回到小说主人公身上吧！也正是这种意愿帮助他找到了自己存在的理由，为此他成为一名医生。

可是当他成年以后，他所具有的这种能力逐渐变弱。当然他仍旧治病疗伤，但他能让他的病人们痊愈吗？他能继续像小时候对别人那样，对病人们给予特别的关注，并怀着同样的虔诚去聆听他们的心声吗？在成为真正的一个人之后，他开始了解到爱的真谛，他明白了医生并不能医治一切，而每个人也都有自己造福他人的不同方式，不管是面包师傅、工人、木匠，还是护士。从事什么样的职业并不重要，重要的是有着一颗善待他人的仁慈之心。

待人宽厚，用心聆听，随时向他人伸出援助之手，所有这些构成了一颗美好的心灵所能拥有的最美好的品质。而心灵正是我所说的人类身上最美好的东西。

《偷影子的人》这本小说的主人公没有名字，就连他所居住的城市也没有名称。很多读者并没有注意到这一点，然而这对我来说却是这本小说的最完美之处。一个人物和一整座城市在我的笔下诞生，却从来不需要知道其名称。我希望每个人都能从这个故事中找到一部分自己童年的影子，能回想起那些曾经的梦想和希望，那些被镌刻在我们记忆深处的时刻，那些造就了我们的性格、影响了我们未来的瞬间。

目录

我只是你生活里的一个影子，你却在我的生命里占有重要地位。如果我只是个单纯的过客，为何要让我闯入你的生活？我千百次想过要离开你，但仅凭一己之力我做不到。

不知道姓氏的克蕾儿。这就是你在我生命里的角色，我童年时的小女孩，今日蜕变成了女人，一段青梅竹马的回忆，一个时间之神没有应允的愿望。

一个会用风筝向你写出"我想你"的女孩啊，真让人永远都忘不了她。

有些人只拥吻影子，于是只拥有幸福的幻影。

—— 莎士比亚

爱情里最需要的，是想象力。每个人必须用尽全力和全部的想象力来形塑对方，并丝毫不向现实低头。那么，当双方的幻想相遇……就再也没有比这更美的景象了。

—— 罗曼·加里（Romain Gary）

我害怕黑夜，害怕夜影中不请自来的形影，它们在帏幔的褶皱里，在卧室的壁纸上舞动，再随时间消散。但只要我一回忆童年，它们便会再度现身，可怕又充满威胁性。

　　有句中文谚语说："君子不乘人之危。"一直到我来到新学校那天，才体会到这句话的真正含义。我的童年就在这里，在这个操场上。我一直想挥别童年，成为大人，童年却紧贴着我的皮肉，钻入这具对我而言太挤又太小的身躯里。

楔

子

我的童年就在那里，

带点忧愁又有点悲痛，

在这外省的小城市里，

我拼命等着伊丽莎白垂怜而看我一眼，

在绝望中等待长大。

"你看着吧，一切都会顺利度过……"

开学日，我背靠着一棵悬铃木，看着小团体一个个组成，我不属于其中任何一个，得不到微笑、拥抱，没有一丝假期过后重逢的欢乐迹象，也没有对象可倾诉我的假期生活。转过学的人应该熟悉那种场景：九月的早晨，父母向你保证一切都会顺利度过，一副他们还记得当年事的模样！而你只能用哽咽的喉咙回应。其实他们全都忘了，不过这不是他们的错，他们只是老了。

穿堂里，钟声鸣荡，学生们面对老师排成好几列，听老师一一点名。有三个人戴眼镜，人数不算多。我被分到六年级C班，再一次成了全班年纪最小的人；我很倒霉，出生在十二月，虽然爸妈很高兴我早读了六个月，他们为此得意，每次开学我却都为此懊恼。

成为全班年纪最小的人，意味着要擦黑板、收粉笔、收体育馆的运动毯、把篮球摆放在很高的球架上。更糟的是，拍全班团体照时得独自坐在第一排；在学校里，再也没有比这更丢脸的了。

但这一切根本就不算什么，因为六年级C班还有一个名叫马格的恶霸，也是我最大的敌人。

如果说我算早读了几个月（多亏了我爸妈），马格则晚了两年入学。他爸妈完全不管他的死活，只要学校接管他们的儿子，让他在学生餐厅吃午餐、傍晚才回家，他们就满意了。

我戴眼镜，马格却有着鹰般锐利的眼睛。比起同龄男孩，我的视力大概弱了十厘米，马格却刚好多了十厘米，而这点差异，就造就了我和他之间公认的差距。我讨厌篮球，马格只懂得伸长手投篮；我爱读诗，他爱运动，两者虽不至于水火不容，但也差不多了。我爱观察树干上的蚱蜢，他则爱把它们捉来折断翅膀。

然而我们却有两个共同点，其实应该说一个——伊丽莎白！我们俩都喜欢她，但伊丽莎白正眼也不瞧我俩一眼。按理说，这应该会让我跟马格同病相怜，但偏偏让我们成了对手。

伊丽莎白不是学校里最漂亮的女生，却是最有魅力的。她有独特的绑头发的方式，动作简洁又优雅，尤其她的笑容，足以照亮秋季最阴郁悲伤的日子——就是那种阴雨绵绵时，你泡水湿透的鞋子在碎石子路上啪啪作响，街灯不眠不休日夜照在通往上学之路的那种日子。

　　我的童年就在那里，带点忧愁又有点悲痛，在这外省的小城市里，我拼命等着伊丽莎白垂怜而看我一眼，在绝望中等待长大。

影 子 的 秘 密

为每一个你所偷来的影子找到点亮生命的小小光芒，

为它们找回隐匿的记忆拼图，

这便是我们对你的全部请托。

我只花了不到一天的时间，就让马格对我恨之入骨，才短短一天我就犯下了无法弥补的错误。我们的英文老师——雪佛太太刚跟我们解释，简单过去式就是某种已结束的过去，与现在再无关联，无法持续，能清楚地在时态中定位。多了不起啊！

忽然，雪佛太太用手指着我，要我自选一句例句来说明。当我提出如果学年制是简单过去式就棒极了时，伊丽莎白爆出一阵大笑。我的笑话只逗笑了我们两个，我因此推测班上其他人根本就没搞懂英文的简单过去式的定义，马格却因此认定我在伊丽莎白心中赢得了一席之地。这一刻决定了我整个学期的悲惨命运，从这个星期一，开学的第一天，更精确地说是从英文课后，我就活在真正的地狱里。

我马上就被雪佛太太处罚了，判决从星期六早上开始执行——扫操场的落叶三小时。我恨秋天！

　　星期二和星期三，我的报应是马格一连串的绊脚。每次我摔倒在地，马格就又往"全班逗乐王"的宝座前进了一步，甚至领先众人许多。不过伊丽莎白不觉得这样好笑，所以他的报复心远远无法满足。

　　星期四，马格更拉高了报复层级。数学课时，我被他反锁在我的柜子里。他先把我硬塞进去，再用挂锁把门锁上。最后，是来打扫更衣间的警卫听到了我的敲打声。我透过通气孔，用微弱的声音告诉警卫密码，请他帮我开门。我担心会因为告密而平添更多麻烦，只说是自己太笨，在找躲避处时误把自己关在了里面。警卫惊讶地问我怎么从柜子里用挂锁反锁柜门，我假装没听到问题，赶快溜走。我错过了课堂点名，星期六的处罚又被数学老师加重了一小时。

　　星期五更是一周最惨的一天。马格在我身上试验了牛顿的万有引力定律，我们在十一点的物理课上刚刚学到过。

　　简单来说，牛顿的万有引力定律就是两个物体间有一种相互吸引的力量，此力与两物体的质量成正比，而与两物体距离的平方成反比。这股力量会呈直线穿过两物体的重心点。

以上是我们在教科书上读到的，但实际操作又是另一回事。想象一下，一个人从学生餐厅偷了一个西红柿，不是为了吃它，而是另有企图；他等着他的受害者走到可及的距离，然后用尽臂力对上述西红柿施展推力，然后大家可以看到，牛顿定律在马格的实验里并不如预期。我真恨这个实验证明，因为西红柿投射的方向并没有遵循法则笔直击中我的身体重心，而是正中我的眼镜。在餐厅里的一片哄堂大笑声中，我辨认出了伊丽莎白的笑声，如此直接又如此美丽，让我深深沮丧起来。

星期五晚上，当我妈又用那种她向来都对的语气跟我重复："你看吧，一切不是都顺利度过了吗？"我把处罚证明放在厨房的餐桌上，宣称我不饿，就上楼睡觉了。

*　*　*

处罚日的星期六早上，当同学们坐在电视机前吃着早餐时，我已经走在上学的路上了。

操场很冷清，警卫把我那妥善签名的处罚证明折了折，收进灰色外套的口袋里。他给了我一支长柄叉，叫我小心使用，不要弄伤自己，又指了指篮球架下那堆落叶和手推车。篮球网袋看起来就像该隐的邪恶之眼❶，或许应该说是马格之眼。

我和那堆枯叶足足奋战了半个多小时，直到警卫跑来营救我。

"咦，我记得你，你就是那个把自己反锁在柜子里的小子，对吧？开学第一个星期六就被处罚，这跟从柜子里用挂锁反锁柜门一样了不起啊！"他边说边拿走我手上的长柄叉。

他利落地将长柄叉铲进那座小落叶山里，并且铲起一大堆叶子，数量之多，是我从刚刚开始做到现在所远远不能及的。

"你做了什么好事被罚来做这个？"他边问我边铲起叶子堆满手堆车。

"动词变位变错！"我含糊带过。

"哦，我没立场指责你，文法向来不是我的强项。你看起来对打扫也不太在行啊！有没有什么事是你拿手的呢？"

他的问题让我陷入沉思，我徒劳无功地在脑中把问题翻来覆去，想了又想，还是想不出我有任何一点儿天分。然后我突然明

---

❶该隐的邪恶之眼：出自《圣经》故事。该隐及亚伯为亚当及夏娃之子，该隐因嫉妒而杀害弟弟亚伯，而后遭到上帝惩罚，终身流浪。

白，为何爸妈在我早读六个月这件事上这么执着：因为我没有其他可以让他们为之骄傲的地方啊！

"一定有什么东西是你热爱并且最喜欢去做的，一个未完成的梦想？"他加了一句，一边扫起第二堆落叶。

"驯服黑夜。"我结结巴巴地说。

伊凡笑了（伊凡是警卫的名字），他笑得太大声，两只麻雀被吓得撤离栖身的树枝，振翅逃窜。我则是头低低的，两手插在口袋里，从操场另一头离开。伊凡在半路拦住我。

"我不是要嘲笑你，只是你的回答有点出乎意料，如此而已。"

篮球架的影子长长地拖在操场上，太阳远远触不到苍穹，而我的处罚远远谈不上做完。

"那你为什么想驯服黑夜？这个想法很有趣啊！"

"你也一样经历过我这个年纪啊！夜晚总是在吓你，你甚至请求大人把房间的百叶窗关起来，以确保夜晚不会溜进来。"

伊凡一脸惊愕地瞪着我，他的脸色变了，和悦的神情也消失了。

"第一，你说得都不对；第二，你怎么知道这些的？"

"就算我说得都不对，那又怎样？"我边反驳边继续走我的路。

"操场不大，你跑不远的。"伊凡说着追上我，"你还没回答我的问题呢！"

"我就是知道，就这样。"

"好啦，我承认我以前真的很怕黑夜，但是我从来没有跟任何人提过这件事。这样吧，如果你告诉我你是怎么知道的，并且向我发誓你一定会保守秘密，我十一点就让你偷溜，不用留到中午。"

"一言为定！"我边说边举起手掌。

伊凡和我击掌，定定地看着我，我其实一点儿都不知道我怎么得知警卫小时候怕黑夜怕成这样，也许只是刚好把自己的恐惧向他添油加醋一番罢了。大人为什么总要为每件事找出一番解释呢？

"过来，我们来这边坐。"伊凡指着篮球架旁边的长椅命令道。

"我比较想坐那边。"我指着对面的长椅说。

"好啦，听你的！"

我该怎么向他解释，就在刚刚，当我们肩并肩站在操场上时，我好像看到了一个跟我差不多年纪的他？我不知为何会这样，也不懂为什么会有这种错觉，只知道他房间的壁纸已经泛黄，他家的地板踩起来会吱吱作响，而这常常让他在夜晚来临时吓得脸色发青。

"我不知道，"我怯怯地说，"我刚刚是乱猜的。"

我们两个在长椅上静静地坐了好一会儿，然后伊凡笑了，他拍拍我的膝盖，站了起来。

"好了，你可以走啦，我们有言在先，现在已经十一点了。不过你要记得保守秘密，我可不想还有别的学生来取笑我。"

我跟警卫道别，比原先预计的时间早了一小时回家，一边想着不知道爸爸会怎样迎接我；他昨天很晚才出差回来，现在这个时间，妈妈一定跟他解释过我为什么不在家里了。我又会因为开学第一个周六就被老师处罚，而遭受其他什么样的处罚呢？正当我走在回家的路上，脑中不断盘旋着这些灰暗的念头时，一件惊人的事让我大吃一惊——太阳已经高挂在天空，我发现我的影子大得诡异，比平常还要高大许多。我停下脚步，近距离地观察影子，我发现它的身形和我的大不相同，就好像立在人行道上的影子不是我的，而是别人的一样。我再度仔仔细细地端详，突然看到一些不属于我的童年片段。

一个不认识的男人把我拖到花园的尽头，他抽出皮带，狠狠地教训了我一顿。

即使大发雷霆，爸爸也从来没对我动过手。我忍不住猜想，这段记忆究竟来自哪一段回忆。潜意识里，我觉得这似乎不太像是我的遭遇（为了不要太武断地说这"不是"我的回忆）。我加快脚步，怕得要死，决定用最快的速度冲回家。

爸爸在厨房等着我，一听到我在客厅放书包的声音，他就叫我过去，声音听起来颇为严肃。

因为成绩差、房间乱、乱丢玩具、半夜搜刮冰箱、很晚还用手电筒偷看书、把老妈的收音机贴在耳边偷听，更别提某一天，趁老妈没注意到我时，把超市的糖果偷偷塞满了口袋……我确实成功地把爸爸激得火冒三丈、怒发冲冠过好几次，但我还知道耍一些小心机，比如堆出一脸让人难以抗拒的懊悔笑容，这通常能击退最恐怖的风暴。

这一次，我没有用上我的计谋，爸爸看起来没有生气，只是难过。他要我坐在餐桌对面，把我的双手握在手中。我们的谈话持续了十分钟，仅此而已。他跟我解释了一堆关于人生的事情，还说等我到他这个年纪就会了解。我其实只从中听懂了一件事：他要离开家。我们还是会尽可能常常见面，但关于他所谓的"尽可能"，他也没有能力对我多作什么解释。

爸爸起身，要我去妈妈的房间安慰她。在我们这段谈话之前，他应该会说"我们的房间"，但从此之后，就只会是妈妈的房间了。

我立刻乖乖听话上楼，爬到最后一级时，我转身，爸爸手里拎着一个小行李箱，对我做了一个再见的手势，大门就在他背后关上了。

从此，爸爸从我的童年消失了。

*　*　*

我和妈妈共度了周末，假装没有察觉她的忧伤。妈妈什么都没说，只是偶尔会长长地叹息，然后立刻泪水盈眶，但她都会转过身去，不让我看到她的眼泪。

午后，我们一起去超市，我长久以来发现了一件事：只要妈妈心情不好，我们就会去买菜。我完全无法理解为什么一包麦片、几把青菜或几盒鸡蛋能对心灵有疗愈作用……我看着妈妈穿梭在各个货架间，想着她记不记得还有我在她身边。总要等到购物篮装满了，荷包空了，我们才会回家，然后妈妈又得花上无穷尽的时间来收拾这些生活必需品。

　　这天，妈妈烤了一个苹果卡卡蛋糕❶，淋上厚厚的枫糖浆。她在餐桌上摆了两副餐具，把爸爸的椅子移到地窖去，然后走回来坐在我对面。她打开煤气炉旁的抽屉，拿出我生日时吹剩的蜡烛插在蛋糕中央，点上蜡烛。"这是我们第一顿爱的晚餐，"她笑着对我说，"我和你，我们两个都应该好好记住。"

　　回想起来，我的童年还真充满了很多个"第一次"。

　　淋上枫糖浆的苹果卡卡蛋糕便是我们的晚餐。妈妈抓起我的手，握紧在她掌心，"要不要跟我谈谈你在学校遇到的问题？"她问我。

　　　　　　　　　　*　　*　　*

　　妈妈的忧伤占据了我的思绪，我完全忘记了星期六的不幸遭遇。我一直到走在上学的路上时，才又想到这件事。真希望马格度过一个比我愉快许多的周末，谁知道呢，运气好的话，他可能

---

❶苹果卡卡蛋糕（Quatre-quarts aux pommes）：quatre-quarts的意思是四乘以四分之一，顾名思义就是以四种原料（砂糖、蛋、奶油、面粉）各占四分之一的比例而烤成的蛋糕。此处采用音译，亦有人采用意译译为四又四分之一蛋糕。

不需要一个出气筒。

六年级C班的队伍已经在穿堂排好了，点名声毫不迟疑地响起，伊丽莎白就站在我前面，她穿着一件海军蓝毛衣和一件及膝格子裙。马格转过身，对我抛来的眼神不怀好意。学生们排着队形，走进教学大楼。

历史课时，亨利太太讲述法老王图唐卡门死亡的情景，一副他死时她正好在他身边的样子，我则心怀恐惧地想着课休时间。

下课铃在十点半响起，一想到要和马格一起置身在操场上，我就一点儿都兴奋不起来，但我还是被迫跟着同学们走出去。

当马格走过来，一屁股坐在我身边时，我正独自坐在长椅上；被罚做劳动服务那天，我和警卫也是坐在这张长椅上闲聊，回家后才知道爸爸要离开我们。

"我时时刻刻都在盯着你！"他抓着我的肩膀对我说，"当心点，别妄想参选班长。我是班上年纪最大的，所以这个职位属于我。你要是想让我放你一马，给你一个建议，放低调一点儿，然后离伊丽莎白远一点儿，我是为你好才跟你说这些。你太嫩了，根本一点儿机会都没有，所以光妄想是没用的，你只是白白给自己找罪受罢了，小蠢蛋。"

这天早上，操场上天气很好，我记得很清楚，理由如下：我们俩的影子在地上肩并肩靠在一起，马格的影子足足比我的高出一米多，就数学观点来说，那是比例问题。我偷偷移了一下位置，让我的影子叠在他的上面。马格什么都没察觉，我则因这小小的诡计得逞而愉悦——终于这一次是我占上风，做做梦又没损失。本来正持续摧残我肩膀的马格，一看到伊丽莎白经过只距离我们几米的七叶树时，就站了起来。他命令我不许动，终于放过我了。

伊凡走出工具间，朝我走了过来，并且以严肃的神情看着我，严肃得让我不由得自问我还能为他做什么。

"我为你父亲的事感到遗憾，"他对我说，"你知道的，随着时间流逝，很多事情最后可能都会迎刃而解。"

他怎么已经得知这个消息？爸爸离开的事应该还不至于登上乡下小报的头条新闻吧？

而事实上是，在外省的小城市里，所有流言蜚语都为人津津乐道，人人都热衷于他人的不幸。一认识到这点，爸爸离开的事实再次沉重地压在我的肩上，好大的重担啊！可想而知的是，说不定从爸爸离开那天晚上起，班上所有同学家里就都在讨论这件事，有人会把责任推给我妈，有人则说都是爸爸的错。不管是以上哪种状况，我都是那个没办法让爸爸快乐、让他愿意留下的没用儿子。

今年开始得真糟啊！

"你跟你爸相处得好吗？"伊凡问我。

我点点头，一边目不转睛地盯着我的鞋尖。

"人生就是场烂戏。我爸爸是个烂人，我以前恨不得他离家。我赶在他之前离开家，就是因为他的关系。"

"我爸可从来没打过我！"为了避免误会，我反驳道。

"我爸也没有。"警卫回辩。

"你要真想跟我交朋友，就应该说实话。我知道你爸爸打过你，他为了用皮带好好抽你一顿，还把你拖到花园里面去了。"

但是，是谁让我脱口说出这件事的？我不知道这些话怎么会突然从我口中蹦了出来，也许我的潜意识想跟伊凡吐露，在我被处罚的那个该死的周六所看到的影像吧。他直勾勾地盯着我的眼睛。

"谁告诉你这些的？"

"没人。"我困惑地回答。

"你要不是狗仔，就是骗子。"

"我才不是狗仔！那你呢？谁告诉你我爸的事的？"

"你妈妈打电话来通知时，我正拿信给校长。校长一接到电话，就惊愕地提高了声量，她不断重复：'这些该死的男人，真是混账、烂人。'当她意识到我正站在她面前时，她好像觉得必须致歉，就对我说：'伊凡，我不是指你。''我当然不是在说你。'她甚至又重复了几次。才怪哩，她当然觉得我也是一样的，她甚至觉得全天下的男人都是一样的；在她眼中，我们都是浑蛋。你要是看过当初学校转为男女混校时她有多难过，你就会理解。小子，只要是男的，就属于坏蛋一族。大家都知道，一旦男人瞒着老婆搞外遇，人们就会问：'跟谁啊？''对方是怎样的人？''是不是同样背着老公乱搞的狐狸精啊？'嘿，我清楚得很，你看着吧，等你长大你就懂了。"

我想让伊凡误以为我听不懂他的大道理，但我才跟他说过，我们的友谊不能建立在谎言上，我其实很清楚他说的事。事情的开始是妈妈某天从爸爸的大衣口袋里翻出一支口红，爸爸推说他完全不知道口红是打哪儿来的，还言之凿凿地说，这一定是办公室同事开的恶意玩笑。爸妈吵了一个晚上，而我整晚学到的不忠字眼，比从所有妈妈爱看的电视连续剧中听到的还多。虽然看不到影像，但演员就在你隔壁房间上演的戏码，自然更真实。

"好了，我已经告诉你我如何得知你爸的事，现在轮到你说了。"伊凡接话。

铃声响起，休息时间结束，伊凡低声咒骂了几句，命令我快回去上课，他还加了一句："我们的事还没结束呢，我们两个之间的。"他起身朝工具间走去，我则走回教室。

　　我面朝太阳走着，突然转身一看，我身后的影子又变回娇小的样子，而警卫身前的影子则比我的大出许多。在这一周的开始，至少有一件事情回到正轨了，这让我着实安心不少。也许妈妈说得对，我的想象力太丰富，让我陷入不少困境。

＊　　＊　　＊

　　英文课我什么都没听进去，一来我还没原谅雪佛太太对我的处罚；再者，反正我的心思早就飘到别处去了：妈妈为什么要打电话给校长，跟她说自己的私事，甚至是我们的生活私事呢？据我所知，她们并不是好朋友啊，而且我认为坦承这样的隐私很不合时宜，难道她以为消息传开以后，会对我有利？我跟伊丽莎白根本毫无机会啊！好吧，就算我假设伊丽莎白喜欢戴眼镜、个子娇小的男生（这已经是一个相对乐观的假设），还假设她就是欣赏跟马格完全不同类型——不是高大魁梧有自信那一类型——的男生，她又怎么会梦想与一个众所皆知其父亲为了外遇而抛家弃子的人，携手共筑未来？尤其主因还是这个儿子不值得做父亲的为他留下来。

　　我不断反思这个念头，在学生餐厅里，在地理课上，在下午的休息时间中，以及在回家的路上。回到家，我决定跟妈妈解释她让我陷入困境的严重性，但就在我用钥匙扭开锁孔的瞬间，我想到这么做就是出卖伊凡——我妈第二天一定会打电话给校长，责怪她没有保守秘密，而校长根本不需要经过一连串调查，就可以揪出流言传出的源头。一牵连到警卫，就会危及我们的友谊，而在这所新学校里，我最需要的就是一个朋友。我才不在乎伊凡比我大了三十或四十岁，当我奇妙地偷了他的影子后，我发现他是一个值得信赖的人，我得另找方法来跟妈妈摊牌。

　　我们看着电视吃晚餐，妈妈没心情跟我聊天，自从爸爸走后，她几乎不怎么开口，仿佛每个字都太沉重，让她无力发出音节。

　　睡觉前，我又想到伊凡在课休时间对我说过的话：随着时间流逝，有时事情自会迎刃而解。也许再过一阵子，妈妈就会再到房间来跟我道晚安，就像从前一样。这一夜，就连挂在半敞窗户上的窗帘也纹丝不动，万物皆惧，不敢惊扰笼罩房子的整片寂静，连藏身在帷幔褶皱里的影子也不敢妄动。

*   *   *

大家可能以为我的人生历程会因爸爸的离家而改变，其实并非如此。爸爸经常很晚下班，我早已习惯跟妈妈一起相依，共度晚间时光。虽然我很怀念全家一起骑脚踏车出游的时光，但我很快就习惯用看动画片来取代这项娱乐，妈妈会在她看报时放任我看动画片。新生活、新习惯，我们会在街角的餐厅共吃一个汉堡，然后一起到商店街闲逛，通常这时商店都打烊了，但妈妈好像每次都不信邪。

在吃点心的时候，她总是向我提议邀请朋友来家里玩，我耸耸肩，承诺会这么做——等下次吧！

整个十月都在下雨，七叶树落叶纷纷，鸟儿越来越少在光秃秃的枝丫上露面。很快地，鸟鸣声悄然杳去，冬天，就姗姗而来了。

每天早上，我都等着阳光出现，但一直等到十一月中旬，阳光才凿破云层射出来。

其实最棒的回忆就在当下，在眼前，而且这会是人生最美好的时光。

＊　　＊　　＊

　　天空才刚转为湛蓝，自然科学老师就规划了一次户外教学课程，我们只剩下短短几天可以采集制作像样的植物标本。

　　一辆租来的游览车把我们载到小城外的森林旁，于是我们六年级C班全体同学，勇敢迎战腐殖土和湿滑的土地，捡拾各种蔬菜、树叶、蕈菇、野草以及会变色的苔藓植物。马格领头行军，俨然一副上士的模样，班上的女生争相装腔作势要吸引他的注意，但他的视线须臾不曾抽离伊丽莎白。她跟其他同学保持一段距离，假装没注意到。但我可没被骗住，我很沮丧地认识到，她正为此窃喜不已。

　　因为看到一株橡树根部冒出了一朵鹅膏菌菇，菇头长得很像动画片中蓝精灵的帽子，我一时太过专注，回过神时才发现自己已经远远被队伍抛在后头，一个人掉了队。换句话说，我迷路了。我听到老师在远处喊我的名字，但我完全没办法判断他的声音是从哪个方向传来的。

　　我试着归队，但很快就屈服于事实：要么是森林无边无际，要么就是我一直在绕圈圈。我伸直了头望向槭树梢，太阳已经偏移，把我吓得魂不附体。

顾不得自尊心，我用尽全力大叫。同学们应该离我有很大一段距离，因为我的呼救声没有激起任何回应。我跌坐在橡树根部，开始想念妈妈。要是我回不去了，谁能在晚上陪伴她？她会不会以为我和爸爸一样离开她了？爸爸至少还先告知了她，但她铁定无法原谅我就这样抛下她，尤其在她最需要我的时刻。就算她每次逛超市都会忘记我的存在，就算她因为太难开口而很少与我交谈，甚至就算她再也不到房间和我道晚安，我还是知道她一定会难过。天哪，我早该在对着这朵该死的菌菇胡思乱想前，想到这些后果。要是再让我找到它，我一定把它的帽子头扭下来，狠狠揍一顿，谁叫它把我害得这么惨。

"你在搞什么鬼啊，白痴？"

这真是我开学以来头一次这么开心看到马格的脸，他从两株高大的蕨类植物中现身。

"自然老师快急疯了，他已经准备要展开大规模搜索，我跟他说我一定会找到你。打猎时，我爸总是不停地说我天生只会找到劣等猎物，我终于相信他说对了。喂，快点啦，你真该看看自己的蠢样，我确定我要是再等一会儿才出现，铁定会看到你像个爱哭鬼一样挂着两行眼泪！"

为了配合他绝美的台词，马格面向我蹲跪下来，太阳照在他的背上，在他头上映出一圈光环，让他看起来比平常更有威胁性。他的脸紧贴着我的，近得我可以闻到他口中的口香糖臭味。他站起来，拐了我一记。

"嘿，你要跟我走还是想留在这里过夜？"

我一言不发地起身，走在他身后。

当他走远时，我才发现事情不对劲：我身后的影子比平常足足高出了一米多，而马格的影子却变小了，小到我能由此推断那就是我的影子。

要是马格发现他救了我，我却趁机偷了他的影子，那我赔上的可就不只是一个学期，而是往后的学校生活都会毁于一旦，直到我十八岁考完试离开学校啊！不需要心算高手也能算出，这代表了多少个要活受罪的日子。

我立刻亦步亦趋地跟着他，打定主意要让我们的影子再次重叠，希望一切能像之前一样回归正常，回到爸爸还没离家之前那样正常。这一切毫无道理，怎么可以这样就把别人的影子占为己有呢？然而这已经是第二次发生了。马格的影子叠在我的上面，可是，当他走远时，他的影子还牢牢粘在我的脚下，我的心狂跳不已，两条腿都软了。

我们穿过林中空地，走向自然科学老师及同学们等候的地方。马格将双臂举向天空，摆出胜利的姿势，他看起来就像个猎人，我则是他拖在身后的猎物。老师向我们做了一个大大的手势，要我们走快点，游览车在等了。我感觉到我将因此受到严厉的斥责。同学们盯着我们看，我从他们眼中看出了嘲弄和讥笑，至少今晚，他们又可以针对我父母的婚姻问题在家里描述新的故事情节啦！

伊丽莎白已经上车，坐在跟来时同一个位子上，正眼都不瞧窗外一下，我的失踪应该没让她担心吧！太阳又朝地平线滑移了些，我们的影子一点一点被拭去，终至不见。这样也好，谁也没注意到森林里发生的事。

我爬上车，神情窘迫。自然科学老师问我怎么走散了，还说他被我吓得脸色发青，但他似乎蛮高兴一切终于圆满落幕，全班同学都在那里了。我走向车尾，坐在后排的位子上，整个回程一句话也没说，反正，我也没什么好说的，我迷路了，就这样，这种事就连高手都有可能遇到，我就曾在电视上看过一部描述资深登山客在高山失踪的纪录片，而我甚至从未自称为资深驴友。

回到家，妈妈在客厅等我，她一把将我拥入怀中，紧紧抱住我，我都快喘不过气来了。

"你迷路了啊？"她抚摸着我的脸说。

她应该是随时跟校长用对讲机保持联系吧，否则我的新闻应该不可能传播得那么快。

我向妈妈解释了我的不幸遭遇，她坚持我一定要泡个热水澡，虽然我不断重复我并不觉得冷，但她没打算听进去，仿佛泡热水澡能洗去生活中所有打击我们的烦恼忧愁——对她而言是爸爸的离去，对我则是马格的到来。

在妈妈用不断刺激我眼睛的洗发精搓洗着我的头发时，我很想尝试跟她聊我对于影子的困扰，但我知道她不会把这件事当真，可能还会怪我乱编故事。于是我决定闭嘴，一边期盼着明天天气变坏，影子就会被天空的灰幕遮盖住。

晚餐时，我获得吃烤牛肉及薯条的特权，我真应该常常在森林里迷路！

* * *

早上七点，妈妈走进我的房间。早餐已经准备好了，我只需梳洗、穿衣，并且马上下楼——如果我不想上学迟到的话。事实上，我还真想上学迟到，最好根本不用去上学。妈妈大声向我宣告今天天气会非常好，好天气让她心情愉快。我一听到她上楼梯的脚步声，就立刻躲回被窝。我恳求我的脚，求它们不要再任意妄为，求它们不要再偷别人的影子，尤其一有机会就要把马格的影子还给他。嘿，我当然知道一大清早跟自己的脚说话看起来很奇怪，但请站在我的立场理解我所受的苦好吗？

书包牢牢挂在背上，我一边思考着我的难题，一边快步走去学校。要不着痕迹地交换，我和马格的影子就得再次重叠，这就表示我得找个借口去接近马格，并跟他谈话。

学校的铁栅栏近在咫尺，我踏进校门时突然有了灵感。马格正坐在长椅的椅背上，一群同学围着他听他高谈阔论，班长候选人的登记作业是在今天下课后，他已经全面展开宣传活动了。

我朝人群走去，马格应该感觉到了我的存在，因为他转过身，朝我投射来一道不友善的眼神。

"你想干吗？"

其他人也在等我回答。

"为昨天的事向你道谢。"我结结巴巴地说。

"哦，好啦，你谢过了，现在可以滚一边去玩弹珠啦！"他回答我，其他同学则是不断讪笑。

我突然感到有一股力量从背后升起，一股强大的推力，让我不但没听令于他走开，反而朝他跨了几步。

　　"还有什么事？"他提高音量问我。

　　我发誓接下来的事完全不在意料之中，我压根儿就没预想过以下要说的话，但我却用一种连自己都被吓到的坚定语气说出："我决定参选班长，我希望我们之间的账能算得清清楚楚！"

　　现在这股力量又将我推往相反方向——朝穿堂的方向，我被推着前进，像一个坚守岗位的士兵。

　　我身后没有一丝声音，我等着接受其他人的嘲笑，却只有马格的声音打破沉默："好，那就开战咯！"他说，"你一定会后悔的。"

　　我没回头。

　　伊丽莎白没有混在人群中。她迎面走来，我们擦肩而过时，她悄声告诉我马格非常火大，然后若无其事地走开了。我推测我活不过下一节的课休时间。

　　然后课休时间到了，太阳直射操场，我看着同学们开始打起篮球，然后突然发现脚下那令我担忧畏惧的东西——我脚下的影子不只高大得不像我，也完全不像之前的样子。天哪，在某人发现并揭开这让我惊慌不已的秘密前，究竟过了多久？出于谨慎，我又回到穿堂，吕克——面包师傅之子，放假时摔断了一条腿，现在还上着夹板，他跟我比了个手势，要我过去。我坐到他身边。

　　"我过去真是小看你了，你刚刚做的事实在太有胆量了。"

　　"这根本是自杀吧，"我回答，"而且我毫无胜算。"

　　"你要是想赢，就要改变心态。胜负尚未分明，想有胜算，就要有胜利者的意志，这是我爸说的。另外，我也不赞同你说的，我相信，在他们那群好哥们儿的表面下，反对他的一定不止一个人。"

　　"他？谁啊？"

　　"你的对手啊，不然你以为我在说谁？反正，你可以相信我，我会支持你的。"

　　这段不算什么的小小谈话，是我从开学以来经历过的最美好的事。并不因为这是个承诺，而单纯是因为我终于有了一个同龄的伙伴，足以让我忘了其他不愉快的事：我和马格的对抗、影子的问题，甚至有短短的片刻，我忘了爸爸已经离家，还想着要把这些事说给他听。

　　星期三下午三点半是宣战的日子。候选人名单钉在秘书处的软木公布栏上，把名字登记上名单以后——我当时注意到，马格的名字下方只有我的名字——我走上回家的路，并向吕克提议先陪他回家，因为我们住在同一个街区。

我们肩并肩走在人行道上，我很害怕他会发现我们的影子有点不妥，因为我们的个子明明差不多高，我的影子却拖得比他的长了许多。不过他完全没注意我们的步伐，也许是因为夹板让他有点难为情，同学们从开学那天起就叫他虎克船长。

经过面包店附近，吕克问我想不想吃巧克力面包，我说我的零用钱不够买一个巧克力面包，不过没关系，我书包里有一个妈妈准备的、涂了能多益（Nutella）巧克力酱的三明治，跟巧克力面包一样好吃，而且我们还可以分着吃。吕克大笑，说他妈妈才不会付钱让他买点心吃呢，然后他骄傲地指给我看面包店的橱窗，橱窗玻璃上精巧地手绘了几个字："莎士比亚面包店"。

看我一脸惊愕，他提醒我他爸爸是面包师傅，而说巧不巧，"莎士比亚面包店"正好就是他爸妈开的。

"你真的姓莎士比亚？"

"是啊，真的啦，不过跟哈姆雷特的爸爸没有亲属关系啦，只是同义词而已。"

"同名啦！"我纠正。

"随便啦。好啦，我们去吃巧克力面包！"

吕克推开店门。他妈妈长得圆滚滚的，好像一个圆圆的奶油面包，而且满脸笑眯眯的。她操着带方言的腔调欢迎我们，声音听起来像在唱歌，是那种一听就会让人心情愉悦的音调，一种让你觉得受欢迎的说话方式。

她让我们选择要吃巧克力面包或吃咖啡口味的闪电面包。我们还没来得及选好，她就决定让我们两种都吃。我有点不好意思，但吕克说反正他爸爸会做很多备用面包，当天晚上没卖完也是全部贡献给垃圾桶，所以就别浪费吧！我们连餐前祷告都没做，就把巧克力面包和闪电面包吞下肚了。

吕克妈妈要他看店，她去工作坊拿新出炉的面包。

看到我同学坐在收银台后的高脚凳上，让我感觉很滑稽。突然，我脑海中闪过我们老了二十岁的影像，穿着成人的服装，他像个面包师傅，我则是排队中的顾客……

妈妈常说我的想象力过于活跃，我闭上双眼，但说也奇怪，我看到自己走进这间面包店，我蓄着小胡子，提着公文包，也许我长大后会是个医生或会计师——会计师也是拎公文包的。我走向陈列架，点了一个咖啡口味的闪电面包。突然，我认出老同学来，我已多年不曾见过他，我们互相拥抱，共享一个咖啡口味的闪电面包和一个巧克力面包，一起回忆当年的美好时光。

　　我想，是在店里看到吕克扮演收银员，才首次意识到我将会变老。我不知道这是什么原因，但我头一次发现，我一点儿都不想告别童年，一点儿都不想抛弃这副向来觉得太瘦小的躯壳。我自从偷了马格的影子后，就变得很奇怪，现在产生的怪异现象大概是副作用在作祟吧，不过这个念头并不能使我安心。

　　吕克妈妈从工作坊带回一篮热腾腾、看起来很好吃的小面包。吕克告诉她一个客人都没来，她耸耸肩叹了口气，把小面包放到橱窗展示架上，问我们有没有作业要写。因为答应过妈妈要在她回家前把作业写完，于是我再次向吕克和他妈妈道谢，踏上回家的路。

　　在十字路口，我把巧克力酱三明治放在矮墙上，方便鸟儿来啄食，因为我已经吃饱了，而且不想惹妈妈生气，让她以为她做的点心不如莎士比亚太太做的好吃。

　　我身前的影子依旧拖得很长，我贴着墙壁小心前进，生怕会在半路上遇到同学。

　　一回到家，我就冲到花园去，想近距离研究这怪异的现象。爸爸说，人要学会克服恐惧、面对现实，才会成长，我正试着这么做。

有人在镜子前花上数小时，期望从中看到他人的倒影，我则花了整个下午跟我的新影子玩游戏。出乎意料的是，我觉得好像转世重生似的，虽然只是投射在地上的倒影，我却头一次觉得好像变成了另外一个人。当夕阳坠入丘陵，我感到有点孤单，甚至有点悲伤。

囫囵吞完晚餐后，我写完了作业，妈妈看着她最爱的连续剧——她毅然决定碗盘可以晚点再洗，我因此得以在她没发现的情况下躲进阁楼。我打的主意是，顶楼高处有个大大的天窗，圆得跟满月一样，而今晚的月亮又特别圆，我得不惜一切代价，搞清楚发生在我身上的事。踩在别人影子上就把人家的影子带走，这可不是件小事。既然妈妈常说我想象力太丰富，我就冷静地来印证看看，而唯一能让我真正冷静的场所，就是阁楼。

那上面是专属于我的世界。爸爸从来不涉足那里，因为天花板太低，他常常撞到头，接着就会飘出一堆脏话，像"该死的""他妈的""干"之类的。有时这三个词会混在同一句话里。我啊，要是我敢说出其中的一个词，我就完蛋了，大人总是有权利做很多小孩不能做的事。总而言之，自从我长大到可以爬进阁楼，爸爸都叫我替他进去，我也很高兴能帮上忙。其实老实说，一开始，阁楼让我有点害怕，因为里面暗暗的。但不久后，情况就完全相反了，我超爱钻进去，藏身在行李箱和老旧纸箱中间。

我在一个纸箱里发现了一沓妈妈年轻时的照片。妈妈一直都很美，而照片中的她无疑更动人。除此之外，有一个纸箱里装的是爸妈结婚时的照片，讽刺的是当时他们满脸相爱的神情。

看着照片中的他们，我不禁想问：到底发生了什么事？他们的爱情怎能就这样凭空消失？爱是何时离开的，又去了哪里？爱情，莫非像影子一样，有人踩中了，就带着离去？还是因为爱情跟影子一样怕光，又或者，情况正好相反，没有了光，爱情的影子就被拭去，最终黯然离去？我从相册里偷了一张照片，照片中爸爸牵着妈妈的手，站在市政府前的台阶上，妈妈的肚子浑圆，原来我也参与其中啊！一些我不认识的叔叔阿姨、表兄弟姐妹等围着爸妈，大家看起来都很开心。也许有一天我也会结婚，新娘可能就是伊丽莎白，假如她同意的话——假如我能再长高几厘米，比如高个三十厘米左右。

阁楼里也有一些坏掉的玩具，都是一些经过我仔细研究，还是没办法完全弄懂它们是怎样制造出来的玩具。总之，身处在爸妈的一堆旧物中，我仿佛置身于另一个世界，一个为我量身打造的世界，而这个专属于我的小天地，就建造在家里的屋顶下。

　　我面对天窗笔直地站着，看着月亮升起。月亮又圆又大，光芒照遍阁楼的每一块木板，甚至连悬浮在空中的灰尘粒子都清晰可见，让空间显得宁静安详。这里是如此静谧。今晚，在妈妈回家前，我到爸爸从前的书桌上找寻所有跟影子相关的书籍。百科全书上的定义有点复杂，还好透过一些例证说明，我学到不少让影子现形、移动及转向的方法。我的计谋得等月亮升到中央时才能实行，我焦急地等待那个时刻，祈祷月亮能在妈妈看完连续剧前升到最佳位置。

　　终于，等待已久的时刻来临，就在我正前方，我看到我的影子沿着阁楼的木条延展。我清了清喉咙，鼓足勇气，以极其肯定的语气断言："你不是我的影子！"

　　我没疯，而且我承认当我听到影子以耳语回答"我知道"时，我怕得要死。

　　一片死寂。口干舌燥的我只好继续："你是马格的影子，对吧？"

　　"没错。"影子在我耳边呼气。

　　当影子对我说话时，有点像脑中响起了音乐，虽然没有音乐家在演奏，却真实得像有一组隐形的弦乐队在身边演出一样，两者是同样的效应。

"求求你，别告诉别人。"影子说。

"你在这里干吗？为什么选上我？"我担心地问。

"我在逃亡，你不知道吗？"

"你为什么要逃亡？"

"你知道身为一个笨蛋的影子的感觉吗？根本是苦不堪言，我再也受不了了。我从小就觉得痛苦，但越长大越受不了。其他影子，尤其是你的，都会嘲笑我。你真该知道你的影子有多幸运，真该知道你的影子对我有多盛气凌人，这一切只因为你与众不同。"

"我是个与众不同的人？"

"忘掉我刚刚说的话。其他的影子一直说我们没得选择，终此一生只能成为一个人的影子，只有那个人有所改变，我们才能提升。跟着马格，我不会有什么光荣的未来，这不用多讲你也知道。你能想象当你站在他身旁，而我发现我可以就此甩掉他时，我有多惊讶吗？你有一种非凡的能力，我根本想都没想，这是我绝无仅有的逃亡机会。当然，我有点利用我的体形优势，因为我是马格的影子，我有好的托词。我推开你的影子，占了它的位置。"

"那我的影子呢？你把它怎么了？"

"你说呢？它得找到可以依附的东西啊，它跟着我的旧主人走了，现在应该很头大吧！"

"你对我的影子耍的手段实在太卑鄙了，明天，我就把你还给马格，再把我的影子接回来。"

"拜托你，让我跟着你吧，我很想知道作为一个好人的影子是什么感觉。"

"我是好人？"

"你能成为好人。"

"不，我不能留你，最后一定会被别人发现其中有古怪。"

"人们连他人都不会关心了，更何况他人的影子……而且，我生来就懂得隐身暗处，只要靠着一点练习和一点默契，我们一定能成功的。"

"但你至少比我高大三倍呢！"

"现状会变，只是时间的问题。我承认在你长高前，你得低调一点儿，但一旦你开始发育，我就能光明正大地跟着你啦！想想看，有一个高大的影子是多好的优势啊！没有我的话，你永远也不会参选班长，你以为是谁给了你自信？"

"原来是你推我的？"

"不然还有谁？"影子坦承。

突然，我听到妈妈的声音，从阁楼下面的楼梯传来，她问我在跟谁说话，我不假思索地回答我在跟我的影子对话。毫无疑问，妈妈会说我最好去睡觉，别在那里说蠢话。当你真心跟他们说正经事时，大人从来不会相信。

影子耸耸肩，我感觉到它理解我。我离开天窗，影子就消失了。

*　　*　　*

这一夜，我做了一个非常奇怪的梦。我和爸爸去打猎，虽然不喜欢打猎，但我还是很高兴能和爸爸在一起。我跟着他走，但他一直没有回头，我看不清楚他的脸。杀死动物的念头没有为我带来一丝愉悦。他要我做先锋，穿过无边无际的田野，被阳光烤得焦黄的高大野草遍地丛生，随风起伏。我沿途得不断击掌前进，把斑鸠吓得飞起，好让爸爸射杀。为了阻止这场屠杀，我尽可能缓慢前进。当我任由一只兔子从我两腿间蹿逃时，爸爸怪我一无是处，只会赶出低劣的猎物。正是这句话让我发现，在梦中，这个远方的男子并不是我爸爸，而是马格的爸爸。我竟然变成了我敌人的角色，而这一点儿也不愉快。

当然，我变得更高大，也比以往来得孔武有力。但我却感觉到一股深沉的悲伤，就像被一股忧愁牢牢侵袭。

狩猎结束后，我们回到一间不是我家的房子。我坐在晚餐桌上，马格的爸爸在看报纸，妈妈在看电视，没有一个人开口说话。在我家，我们都会在餐桌上聊天，爸爸还在的时候，他会问我一天过得如何；而爸爸离家后，就换成妈妈问我。但马格的父母完全不在乎他有没有写功课，我本来应该觉得这样很赞，可是却完全相反，我了解到这股突然的心酸所为何来：即使马格是我的敌人，我依然为他、为笼罩在这间房子的冷漠而难过。

*　　*　　*

闹钟响时我正处于茫然状态，我的呼吸急促，全身像发了一整天高烧般疼痛，但为这一切只是一场噩梦而如释重负。我打了一个大哆嗦，一切又恢复正常。这天早上，光是置身在自己的房间就能让我感到幸福。梳洗时，我想着该不该把这些际遇告诉妈妈，我很想跟她分享秘密，但我已经可以想象到她的反应。

下楼到厨房，我第一件急着要做的事就是走到窗户旁。天空灰蒙蒙的，地平线上完全看不出一丝天气转晴的征兆，套句爸爸每次因天气取消钓鱼时说的话：天空灰得连做水手的白裤子都不够。我冲向遥控器，打开电视。

妈妈不懂我为何突然对气象大感兴趣，我骗她说我在准备一份关于全球变暖的报告，还恳请她不要一直打断我，让我听天气预报。女主播正宣告：一波强烈低气压带来多云的锋面，将持续盘踞几天。如果太阳不能赶快回来，我会超级无敌沮丧，因为只要有这些云层在，我就完全没机会见到影子，当然就更不可能把马格的影子还给他。我背上书包，牵肠挂肚地去上学。

* * *

吕克把课休时间都花在长椅上，反正受限于夹板和拐杖，他也没什么事好做。我在他身旁坐下，他向我指指马格，这个大笨蛋正忙着和全班同学握手，并装出一副对女生们的讨论很感兴趣的模样。

"嘿，扶我起来走走，我的腿都麻了。"

我扶着他，一起走了几步。今天真是我的幸运日，正当我们走近马格时，暗沉的天空突然凿出一线光明，我立刻望向地面，真是一团混乱，所有的影子交错，就像在开什么"秘密会议"——我们刚从上一堂的历史课上学到这个词。马格转向我们，投来一道不欢迎的眼神，要我们自觉一点儿，不要进入他的领地。吕克耸耸肩。

"来吧，我得跟你谈谈，投票日快到了。"他拄着拐杖说，"我要提醒你，星期五就要选举了，该是你做点事、打出知名度的时候了。"

吕克仿如大人口吻的话响起，看着他如此蹒跚、背部微驼，我顿时又陷入奇异的幻想。我再度看到我俩，比我上次看到在面包店的影像更老，没想到我们的友谊维持了一生啊！吕克的头发几乎已经掉光了，稀疏的头发一直延伸到发顶，他长了皱纹、面容憔悴。让我欣慰的是，他湛蓝的双眼依旧炯炯有神。

"你以后想做什么？"我问他。

"我不知道，现在就该决定这些了吗？"

"没有，不一定，哎呀，我也不知道啦。只是如果你现在就得选择的话，你想做什么呢？"

"我想，应该是继承我爸妈的面包店吧！"

"我指的是，如果你可以选择其他职业。"

"我想跟查布洛先生一样，当医生，但我不认为有可能做到。妈妈总说要应天顺时，面包店的客源很快就不够维持生计了。自从超市开始卖起面包，我爸妈就很难收支两平。所以啦，怎么可能帮我付医学院的学费啊！"

我知道吕克不会成为医生，我从我们一起共享巧克力面包和咖啡口味的闪电面包时，从我看到他坐在收款机后方之后，就清楚地知道这一点。吕克会留在小城，他的家庭永远没能力负担他长年的学费。

但另一方面，这也是个好消息，代表他们家的面包店在超市战争中存活了下来，只是他永远不会成为医生。我不想告诉他这些，我估计这会让他难受，甚至可能让他丧志，毕竟他在自然科学方面真的很有天分。于是我闭上嘴，守住这个秘密，毕竟当前我每踏出一步都得小心翼翼，还要顾着监视每一步步伐，即使天气不好，一有破云而出的微光时，我们就无蔽身之处。预知深爱的人的未来，其实并不一定快乐。

"那么，你打算为这次选举做些什么？"

我脑中有另一个问题。

"吕克，如果你拥有猜透别人想法的能力，或是知道他们会发生什么不幸的事，你会怎么做？"

"你从哪里生出这么多想法啊？这种能力不存在啦！"

"我知道，但假如它存在呢？你会怎么运用？"

"我不知道，这种能力感觉不太赞啊，我想我应该会害怕别人的厄运会波及我吧！"

"你就只会这样反应？只会害怕？"

"每个月月底，我爸妈为面包店结账时，我会看到他们担忧的脸，但我什么也做不了，这让我很难过。所以啊，如果我能感受到所有人的不幸，那一定很恐怖。"

"但是，如果你能改变一些事情呢？"

"哦，我想我会去做吧！喂，你的什么鬼能力我根本没兴趣啦，我们回到这次选举上，一起来动动脑筹划一下吧！"

"吕克，如果你长大后当上这里的市长，你会高兴吗？"

吕克背靠着学校的墙，喘了口气，他定定地看着我，阴郁的神情换成一副大大的笑容。

"我想那应该会很棒，我爸妈一定很高兴，而且我可以颁布一项法令：禁止超市贩卖面包。我应该也会禁止超市卖钓鱼用具，因为我爸最好的朋友是在市场里卖杂货的，自从超市开始跟他竞争以后，他的生意也变差了。"

"你甚至还能立法全面废除超市。"

"我当上市长的话，"吕克拍拍我的肩对我说，"就让你当商务部长。"

当天稍晚，我一边往家走一边想，我得问一下妈妈，市长能不能任命很多位部长，我很想当吕克的部长，但我对此仍有点疑惑。

走在通往教室的走廊上，我期望着在课休时间的阳光乍现时，一切回归正常，让马格的影子回归它的主人；我也祈祷下次阳光出现时，我的影子会在我脚下出现。但与此同时，说来奇怪，我竟觉得这样想有点懦弱。

* * *

当操场传来一阵震耳欲聋的声响时，数学课才刚开始。窗户的玻璃立刻被震成碎片飞溅，老师大喊着要我们趴在地上，根本不用等他喊第二遍我们就全照做了。

随之而来的是一片死寂，杰比老师第一个站起来，问我们有没有人受伤，他看起来很惊恐。除了头发上沾了些玻璃碎片，以及两个女生莫名其妙哭了起来之外，一切看起来还好，另外就是窗户好像被大炮轰过，书桌也一团乱。老师要我们赶快出去，命令我们排成一排。他最后一个离开教室，又冲到走廊上，站在我们前面。我不知道老师们是不是都受过同样的训练，但其他班也跟我们做同样的动作，走廊上人山人海，下课铃又响个不停，而操场的情景更令人大吃一惊，几乎学校所有的窗户都被震破了，一股黑烟从警卫工具间后方升起。

"我的上帝啊，是煤气炉！"杰比老师尖叫。

我是看不出这能跟上帝扯上什么关系啦，除非当时它正好需要一只大打火机，然后使用的时候出了差错。听大家讲了那么多抽烟的事以后，我也不太能想象得出上帝为什么会想要点一根烟。算了，我们也不会知道，也许上帝的肺什么都不怕，因为他已经在天上了。但的确，黑烟确实往他那边飞去，不过这应该只是个巧合。

校长完全失控，她第三次命令老师点名，又不断在原地打转，一边重复着："你们确定学生们都在这里了？"然后，她突然想到一个人名，她大叫，"马帝，小马帝呢，他在哪里？哦，哦，他在这里！"然后她又想到另一个……幸好她没有想到我，我一点儿都不想听到别人叫我"小……"，特别现在是选班长的紧张时期。

爆炸现场一片混乱，听得到火花的噼啪声响，火焰从警卫工具间后方越蹿越高，甚至看得到烟影在屋顶上舞动。我看到伊凡的影子在我前方，仿佛它是来找我的。我看着它向前走，我知道它要找的人正是我，我完全感受得到它的心思。校长和老师们都在忙着统计学生人数，没空理我，于是我朝工具间——也就是影子指引的方向走去。

警笛的声音从远方呼啸而来，但听起来距离还很遥远。伊凡的影子一直引导着我，我走向冲天的黑烟中，热气渐增，越来越难前进，但我必须走过去，因为我明白影子为什么来找我。

火焰开始舔上屋顶时，我刚好走到工具间，我很害怕，但依然坚持前进。突然，我听到雪佛太太喊叫我的名字，她追在我身后。她跑得不快啊，雪佛太太。她尖叫着要我立刻掉头，我想遵命，但没办法，我得继续朝影子告诉我的地方前进。

走到工具间前，温度已经高得让人受不了了。当雪佛太太抓住我的肩膀，把我往后拉时，我正要扭开门把手。她朝我投来一个能烧死人的愤怒眼神，这也可想而知啦，但我的双脚仍稳稳地站着没动，我不肯后退。我紧盯着这扇门，视线片刻不移。雪佛太太抓住我的手臂，开始大骂，但我成功挣脱她，立刻再度冲向工具间。接着我感觉到她又接近我身后，我突然脱口而出我心底的话："我们得救救警卫，他不在操场上，他在工具间里，快被闷死了。"

雪佛太太听到我的话，吓得快喘不过气来了，她命令我后退，接着做了一件让我震惊的事。雪佛太太是瘦小型的女生，跟吕克的妈妈完全不同，但是，她却提起脚朝门踹了过去，门锁在她腿骨的魅力下毫无招架之力。雪佛太太单枪匹马走进工具间，两分钟后，她就出来了，还拖着伊凡的肩膀，把他拉出了工具间。我当然也帮了她一点儿忙，直到体育老师赶来扶住她，校长则一把提住我的裤子，把我拉到穿堂去。

消防队来了，他们扑灭了大火，又跟我们保证了伊凡的安危后，把他送到医院去。

校长真的很奇怪，她不停地骂我，但又抱着我哭，说我救了伊凡，还说当时除了我以外，竟然没有人想到伊凡，她很自责……总而言之，她很难决定该作出什么反应。

消防队长来看我，就只有看我哦！他要我咳嗽，看了我的眼睑和口腔，还把我从头到脚检查了一遍。然后，他拍了我的背一记，跟我说如果我长大以后想加入消防队，他会很高兴把我编入他的小队。

我发现妈妈不是唯一一个用对讲机随时跟校长保持联系的人，因为我看到操场上拥入了一堆家长，大家都担心极了。

学校停课，我们纷纷回家。

隔周的星期五，我获得全班一致支持，当选班长，只少了一票，蠢蛋马格把票投给了自己。

*　　*　　*

我再见到吕克，已是投票结果出炉后，他什么都没说，只是高兴地微笑。他早上才拆夹板，他秀给我看刚痊愈的腿，比另一条腿瘦了许多。

*　　*　　*

煤气炉爆炸事件八天后，伊凡重回学校，他看起来很正常，除了额头缠了一圈绷带，让他看起来像海盗，但这还蛮适合他的，让他看起来好像多了一种以往所欠缺的个人特质。我不知道该不该跟他说，也许等某天有机会时，我再告诉他关于海盗造型的事吧！

午餐时间，我比其他人更早离开学生餐厅，我不太饿。伊凡在操场尽头，看着爆炸过后仅存的工具间，也就几乎是废墟一片了。他在废墟中，弯身小心翼翼地抬起一截截烧焦扭曲的木头。

我走向他，他没回头，只对我说："别靠近，很危险，你可能会受伤。"

虽然不觉得危险，但我不想反驳他。我停在他身后一段距离，他明知道我在，但一开始还装得若无其事的样子。我想着他刚刚究竟在找什么，这片废墟中哪还有什么东西好抢救的啊？过了一会儿，他摸出一个已经烧焦的长方形东西，把它放在膝盖上，整个身体开始颤抖。我知道他在哭，我的心情跟工具间的木头一样焦黑沉重。

"我跟你说过别待在那里！"

我没动，他看起来如此绝望，他一定不是真心要吼我离开的，我不能留他一个人在这里。能看穿对方跟你说违心话，这才是朋友，不是吗？

伊凡转向我，眼睛红红的，泪水从他脸颊滑落，像墨水滴入湿透的图画纸般晕开。他手里拿着一本烧焦的旧笔记本。

"我整个人生都在这里面，照片、我妈妈唯一给我写过的信，和其他关于我妈妈的回忆，全都贴在里面，但现在只剩灰烬。"

伊凡试着翻开封面，但书页却在他的指间化成碎屑。我跟自己说还好我留下来陪他了。

"你的头没有被烧坏啊，你的记忆没有消失，只要你记得。我们可以重抄你妈妈的信，也许还能把那些照片画出来。"

伊凡笑了，我看不出有什么好笑的，但是算了，我很开心他看起来没那么难过了。

"我知道是你救了我，"他直起身子跟我说，"煤气炉爆炸的时候，我急着在工具间抢救能抢救的东西，那时还没有火焰，只有浓浓的黑烟到处蔓延。我在这个地狱里撑不到五分钟，眼睛刺得完全没办法睁开。我找不到门把又吸不到空气，我很惊慌，没办法呼吸，就失去意识了。"

这是我第一次听到有人描述亲身经历火灾的情形，感觉深刻得好像历历在目。

"你怎么知道我当时在里面？"伊凡问我。

他的眼神如此悲伤，我不想欺骗他。

"你的笔记本真的那么重要吗？"

"当然，它可是我的命。我欠你一句感谢和很多抱歉，上次在长椅上，你谈到我爸时，我以为你是来打探我私事的。我从未跟任何人谈起我的童年。"

"我根本不知道你笔记本的事。"

"你没有回答我的问题，你怎么知道我当时正在工具间里差点闷死？"

我到底该怎么回答他？说他的影子来找我？说他的影子在一团混乱中，混进操场的影子群中，就为了来找我？说我看到他的影子在火焰的亮光下对我比手画脚，求我跟它走？哪一个大人会相信我的鬼话？

在我上一所学校，有个同学就因为说了实话，被抓去看了一年的心理医生。每个星期三下午，当我们在玩排球或游泳时，他则"待在候诊室里，和一个只会微笑说'嗯——嗯——'的老女人，玩着'告诉你我的人生故事'的游戏，整整一小时"。这一切只因为某个星期六的午餐时间，他爷爷在他面前倒下睡觉，从此再没从午睡中醒来。为了表示歉意，我同学的爷爷夜里来看他，并跟他继续聊当天在厨房因为爷爷突然想午睡而中断的话题。第二天早上，当他跟大家说他整晚都看到爷爷时，没有人愿意相信他，所有的大人都惊愕地看着他。所以大家可以想象，要是我把关于影子的小小困扰说出来，我会被怎样对待：很可能就在招供认罪后，被判去看心理医生，然后还会被迫扛下所有罪名，甚至得跟伊凡说我早就看过他的笔记本，并且还从中背熟了几段。

伊凡一直看着我，我偷偷瞥了一眼校钟，离上课钟响还有二十多分钟。

"我那天没在操场上看到你，我很担心你。"

伊凡一言不发地看着我，他咳了咳，然后走近我，低声跟我咬耳朵："我能跟你说一个秘密吗？"

我点点头。

"如果有一天，你心底藏着一些事，一些你没有勇气说出来的事，记住，你可以信任我，跟我说，我不会出卖你。现在，快去跟同学玩吧！"

我差点就要全部招供了，我好想找个大人倾诉，减轻一些负担，而且伊凡又是个可信赖的人。我决定今晚睡前好好考虑他的提议，要是一早醒来我依然觉得可行，或许我就会跟他说实话。

我离开去找吕克，自从他腿伤痊愈后，这是他第一次打篮球，但他的技巧看来还没恢复，他需要一个队友。

*   *   *

煤气炉爆炸后，天空没有一天放晴。学校的窗户已经全部换过玻璃，但教室里还是冷得要命，大家连在室内都穿着大衣。雪佛太太戴着一顶小圆帽上课，这让英文课更有趣了，因为她每次一开口，帽子上的小圆绒球就会跟着晃动。为了不要笑场，我和吕克都要努力忍着不笑出声音。毕竟要等到保险公司终于弄清楚事情的经过，再拨给校长一笔钱去买全新的煤气炉时，冬天大概也过完了。不过，只要雪佛太太继续戴着绒球小圆帽，我们就满足了。

马格和我之间的关系依然很僵。每次老师派我去秘书处拿资料（因为这是班长的任务），我就会感觉到背上射来两支冷箭。自从梦中去过他家后，我就不再恨他，对他的捉弄也不生气了。妈妈说这个周六早上，爸爸会来接我，我们可以共度一整天。我为此感到高兴，尽管有点担心妈妈，我不停想着她一个人会不会无聊，我因为要抛下她而有点罪恶感。

我发现妈妈应该也能读出别人的担忧，至少她懂我。当天晚上，她在我关灯睡觉时走进我的房间，坐在我床上，事无巨细地跟我说，她会在我跟爸爸出去时做些什么事——她会趁我不在时到发廊理发。让我觉得好奇的是，她说到要去发廊时，露出一脸很高兴的样子，但对我而言，去发廊根本就是种折磨啊！

我现在确定的是，越接近星期六，我就越难专心写作业，我

为每一个你所偷来的影子找到点亮生命的小小光芒，为它们找回隐匿的记忆拼图，这便是我们对你的全部请托。

不停想着爸爸和我在一起时，我们会做些什么事，也许他会带我去吃比萨，就像我们还住在一起时那样。我得冷静一点儿，今天才星期四，可不是被老师处罚的时机。

星期五一整天，每小时都好像比平常多添了好多分钟，就像过冬令时间，白天多了一小时一样。这个星期五，每过六十分钟我们就多过了一次冬令时间。黑板上时钟的指针走得非常慢，慢到我确定上帝在骗我们，慢到我确定早上的下课铃打错了，它打的应该是下午的下课铃才对。毫无疑问，我们都被骗了。

* * *

我做完功课（妈妈可以作证），刷完牙，比平常早了一小时上床，虽然我知道很难睡着，但我希望第二天能有好精神。我还是睡着了，不过比平常早了一小时醒来。

我踮着脚下床、梳洗，悄悄地下楼为妈妈准备早餐，为了跟她致歉今天把她一个人留在家里，然后再上楼换衣服。我穿了一件法兰绒长裤和白衬衫，这件衬衫我之前去参加我同学爷爷的葬礼时穿过。他爷爷现在可以安静地睡午觉而不被打扰了，墓园真的很安静。

　　我从去年开始长高了几厘米，不多，但裤子的长度只到我的袜子。我试着打上爸爸送我的领带，我"人生的第一条领带"，就像爸爸送我领带那天所说的。我不会打领带，所以就像裹围巾一样缠了几圈，反正心意最重要，而且这让我看起来有诗人的味道，我在法文课本上看过一张波德莱尔的照片，他也不太会打领带，可是女生还是盲目地迷恋他。我的上衣有点紧，但很高雅，我真想跟爸爸到市集广场散步，说不定有机会能巧遇正好和她妈妈去采买的伊丽莎白。

　　我对着爸妈浴室里的镜子看了又看，然后下楼到客厅等待。

　　我们没有去市集广场，爸爸没来。他中午打电话来道歉，他是跟妈妈道歉的，因为我不想跟他讲话。妈妈看起来比我还伤心，她提议我们去餐厅吃饭，就我们两个，但我不饿。我把衣服换下，把领带放回衣柜，希望自己接下来的几个月不要长得太快，这样的话，爸爸来接我时，我的漂亮衣服还是可以穿得上。

　　整个星期天都在下雨，我和妈妈在家玩游戏，但我没有心思要赢，所以不停地输。

* * *

星期一，我没有在学生餐厅吃午餐，我讨厌吃小牛肉和豌豆，而星期一正好是这两道菜。我离开家之前偷偷做了一个巧克力酱三明治，就在学校的七叶树下吃起来。伊凡正忙着用手推车清理他旧工具间的瓦砾，他走向操场尽头的大垃圾桶，把他仅存的回忆堆在那里。看到我坐在长椅上，他走过来跟我打招呼。我没有拒绝他的陪伴，两天来我都觉得孤单，有他陪我没什么不好。我把三明治分成两份，请他吃一份。我本来以为他会拒绝，但他胃口很好地吃了起来。

"你看起来没有专心吃午餐哦，你怎么了？"

"我家里也有很多照片，都藏在阁楼里，如果我把照片带来，您能不能帮我做成纪念册？"

"你干吗不自己做？"

"我的植物标本作业只拿了二十分，我不太会做拼贴。"

伊凡笑了，他说我现在就做纪念册未免太早了，我回答他主要是一些我出生前爸妈的老照片，就定义来说，我也没办法"纪念"什么，所以想做成一本照片簿，来加深对爸妈的认识，尤其是对我爸爸。伊凡静静地看着我，就像每次妈妈想看穿我是不是有什么地方不妥一样。过了一会儿，他对我说，其实最棒的回忆就在当下，在眼前，而且这会是人生最美好的时光。

大人都说当小孩是最美好的事。但我敢说在某些日子里，例如上个星期六，当小孩真是讨厌极了。

当地人都说，这里的冬天糟透了，既灰暗又寒冷，整整三个月，没有一天放晴。我向来同意他们的观点，但是，当第一道阳光威胁着要陷人于为难时，我们就会狂恋这个冬季严寒的地方，问题是，春天总是毫不迟疑地来报到。

*   *   *

三月的最后几天，大清早天空就已万里无云。我走在上学的路上，超级好运的是，我身前的影子看来跟我的身形很像。

我停在面包店前，吕克和我总在那里相见。他妈妈在橱窗后跟我道早安，我也立刻响应她，并趁着吕克还没出来前，仔细研究人行道上的东西。没错，我找回我的影子了。我甚至认出门前，妈妈执意要压平的额头发绺，她说我头上长了麦穗，就跟爸爸一样。也许正因如此，她每天早上都对它们很感兴趣。

　　找回自己的影子实在是个天大的好消息，现在的问题是要加
倍小心，不要再把它搞丢，尤其不能借给别人。吕克的话可能有
些道理，别人的不幸会传染，我整个冬天都过得很悲惨。

　　"你还要看你的脚多久啊？"吕克问我。

　　我没听到他来了。他拉着我走，朝我肩上捶了一拳："快点
啦你，我们快迟到了。"

　　春天来了，怪事发生了。一些女同学换了发型，我以前从来
没注意到，但是一看到操场中的伊丽莎白，一切就变得好明显。

　　她把马尾放下，长发及肩，让她看起来更美。我却不明就里
地悲伤起来，也许因为我猜到她永远不会把眼光放在我身上。我
赢得了班长选举，马格却赢走了伊丽莎白的心，而我竟然毫无察
觉。我太忙于烦恼那些关于影子的蠢事，完全没看到现实生活中
发生了什么事；而坐在教室第一排的我，也完全没听到他们背着
我结成了同盟。我没发现伊丽莎白的小诡计：她每周一有机会就
往后坐一排，她先跟安娜换位子，再跟柔伊换，直到达到她的目
标，完全没人发现她的阴谋。

　　就在春天的第一天，在操场上，我看到她披着美丽及肩的秀
发，用湛蓝的双眸看着马格在篮球场上大显神威。顿时，我全明
白了。不久后，我看到他握着她的手，我紧紧握拳，指甲在掌心

留下深深浅浅的印记。然而，看到他们如此幸福，又让我有种奇怪的感觉，仿佛一股悸动涌上胸口。我想爱情也许就是这样，既悲伤又凄美。

伊凡走来，和我一起坐在长椅上。

"你一个人孤零零地在这里做什么？为什么不去跟同学玩？"

"我在思索。"

"思索什么？"

"思索爱情有什么用。"

"我不确定我是最有资格回答你这个问题的人。"

"没关系，我想我也不是最有资格问这个问题的男孩。"

"你恋爱了？"

"都结束了，我的'真命天女'爱上了别人。"

伊凡咬着唇强忍笑意，这动作惹恼了我。我想起身，他拉住我的手，强迫我坐下。

"别走，我们的谈话还没结束。"

"你还想聊什么？"

"聊你的她啊，不然你还想聊谁？"

"这场仗从一开始就输定了，我早就知道，但我还是没办法阻止自己爱上她。"

"她是谁？"

"就是那个跟肌肉男牵着手的人，喏，就在那边，篮球场旁边。"

伊凡看着伊丽莎白，点了点头。

"我懂了，她很漂亮。"

"我太矮，配不上她。"

"这跟你的身高无关。看到她跟马格在一起，你心痛吗？"

"你说呢？"

"也许应该说，'真命天女'指的是会让你幸福的人，对吧？"

我没有从这个角度看待过这件事。当然啦，说是这样说，还有待思考。

"所以咯，也许你的'真命天女'不是她？"

"也许……吧。"我叹了口气回答伊凡。

"你有没有想过，把所有想要的东西列成一张愿望清单？"伊凡问我。

我很久以前就开始列这张清单了，在我还相信圣诞老公公的年纪。每年的十二月二十二号，我都会寄出愿望清单，爸爸会陪我走到街角的邮筒，把我举起来，让我投信。我早该猜到这是一场骗局，我既没写地址也没贴邮票；我也早该想到有一天爸爸会离开我们。人一旦开始撒一个谎，就再也不知道如何停止。是的，我从六岁开始拟愿望清单，每一年都补充及修订这张清单：当消防员、兽医、航天员、海军舰长、商人、面包师傅（为了想跟吕克家一样幸福），我曾经想要这一切。我想要一台电动火车、一架飞机模型；想跟爸爸周六去吃比萨；想过成功的人生；想带着妈妈远离我们居住的城市；想送妈妈一幢美丽的房子让她安享晚年，让她再也不用工作，再也不用每天晚上疲惫地回家；我还想从妈妈脸上抹去她眼底偶现的忧伤，就像被马格的一记重拳击中胃部一样，她的忧愁让我肚子绞痛。

"我，"伊凡再度开口，"我想要你帮我做件事，一件会让我快乐起来的事。"

我看着他，等着他告诉我，有什么事能让他快乐。

"你能不能帮我写一张清单？"

"什么样的清单？"

"一张列出所有你绝对不会想做的事的清单。"

"像是？"

"我不知道，想想看嘛。你最讨厌大人做什么事？"

"我讨厌他们每次都说：'等你长到我这个年纪时，你就会了解了！'"

"那就在清单上写下你长成大人后绝对不希望说出的话：'等你长到我这个年纪时，你就会了解了！'你还想到其他的事吗？"

"跟儿子说星期六要带他去吃比萨，却没有遵守诺言。"

"那在清单上加上：'不遵守对儿子的承诺。'你现在明白了吧？"

"应该吧，我想。"

"清单写完后，把它背下来。"

"背清单做什么？"

"为了熟记起来！"

伊凡边说边给了我心照不宣的一肘。我答应尽可能写好这份清单，并且拿来给伊凡看，以便一起讨论。

"你知道，"我起身时他加上一句，"你跟伊丽莎白的事，说不定没有全盘皆输哦！一段美丽的邂逅，有时是时间的问题，两个人得在对的时间遇到对方。"

我抛下伊凡，走回教室。

当天晚上在我的房里，我拿了一张从数学练习本上撕下来的白纸，等到妈妈去收拾厨房，就开始着手写新的清单。睡觉时，我想着跟伊凡的对话，关于伊丽莎白和我，我相信，今年不是一个对的时间点。

*   *   *

开学以来，我就不断地反问自己许多问题。人的年纪变大，就会对许多事情产生疑问。对伊丽莎白的事，我找到了满意的解释，但是关于影子和我的关系，我仍一无所知。这种事为什么会发生在我身上？我是不是唯一一个能跟影子交谈的人？如果我只要一跟别人擦肩而过事情就会重演，我又该怎么办？

每天早上上学前，我都会再三确认气象。为了骗过家人，我自告奋勇向自然科学老师提议，要做一个关于全球变暖的报告，老师马上就同意了。妈妈还决定助我一臂之力，只要报纸上一有生态方面的文章，她就会剪下来，每天晚上，她会念这些文章给我听，然后我们一起把文章剪贴到有螺旋图案的大笔记本里。说到这本笔记本，妈妈差点就要在超市乱买了，还好我先逼她去教堂广场的一家文具店买。气象女主播宣布，本周末会出现满月，大约在星期六或星期天晚上。

这条信息让我陷入沉思，套一句我朋友吕克可能会说的话（如果他跟哈姆雷特的爸爸有亲属关系的话）：行动或不行动。

自从天气开始转好以后，我就非常小心。每次操场上烈日当空时，我绝不会停留在同一个同学身边太久。

同一时间，我感觉到周遭起了一些重大变化。上帝让学校的煤气炉爆炸，说不定是要给我启示，像是要说："嘿，我还盯着你呢，难道你以为我给了你这点小能力，是要让你装作什么事也没发生过一样吗？"

这个星期四，伊凡到我喜欢坐着沉思的长椅找我时，我再度想起这一切。

"嘿，你的纪念簿有进展吗？"

"我最近没什么时间，我在做一个报告。"

伊凡的影子就在我影子的旁边。

"我做了你上次建议我的事。"

我根本不记得我建议过伊凡做什么事。

"我重抄了我妈写给我的信，就我记得的部分，不一定字字正确，但我重现了大致的意思。你知道吗，这真的是个好主意。虽然已经不是她的笔迹，但我重读时，还是能从信中找回同样的感动。"

"冒昧问一下，你妈妈在信里跟你说了什么？"

伊凡停顿了几秒钟才回答我，他喃喃地说："她说她爱我。"

"是哦，那重抄起来应该蛮快的。"

因为他话说得太小声了，我靠近他，就在此时，在我毫无察觉下，我们的影子交叠在一起，而我所看到的影像把我吓呆了。

伊凡妈妈的信从来不曾存在，工具间里那本被火烧毁的纪念簿中，只有他写给她的信。伊凡的妈妈在生他时过世了，早在他会认字前就死了。

泪水涌上我的眼睛，不是因为他妈妈的早逝，而是因为他所说的谎话。

想想看，要捏造一封未曾谋面的妈妈写的信，他的心里隐藏着多少悲伤啊！妈妈的存在就像一口深不见底的井，一口无法被填满的悲伤之井，而伊凡只能以杜撰出来的信，为这口井封上盖子。

是他的影子在我耳边吐露这一切。

我谎称还有一个作业没写完，我道了歉，保证下一节课下课时会回来，然后跑着离开。一走到穿堂，我就觉得自己好没用，整堂雪佛太太的课上我都觉得很羞愧，但我没有勇气回去见我的警卫朋友，就如我向他承诺的那样。

＊　　＊　　＊

回到家，妈妈宣称今晚电视上会上映一部关于砍伐亚马孙森林的纪录片，她已经准备了餐盒，我们可以坐在客厅沙发上分着吃。妈妈让我坐在电视正前方，还帮我拿了纸和笔，然后坐到我身边。许多动物被迫迁徙或灭亡，只因为人类爱钱爱到失去理智，真的很恐怖！

就在我们无力地参与着巴西树懒（一种我觉得很像同类、很亲切的动物）的屠杀时，妈妈把鸡肉切开。纪录片看到一半，我瞥了这只鸡的骨骼一眼，暗暗立誓一有机会要成为素食者。

主持人解释"蒸腾作用"的原理，蛮简单的东西，就是大地在大树底下呼吸，有点像我们的毛孔，然后地球的汗水蒸发，上升后形成云，云层够厚就下雨，雨水再为大树的生长及繁殖提供必要的水分。必须认识到的是，这个系统整体而言考虑得很完善。但显而易见的是，如果我们继续把地球剃到光溜溜的什么也不剩，就像一颗光滑的蛋一样，地球就不再流汗，也就再也没有云。想想看，一个没有云的世界会有什么后果，尤其对我来说！生命有时就是会跟你开玩笑，我为了找借口，编造了这个关于全球变暖的报告，却没预想到这个主题会触动我如此之深。

妈妈睡着了，我把电视音量调高了一点儿，测试她有没有睡熟，她果然睡得很沉。看来她又过了精疲力竭的一天，看到她这样让我很于心不忍，就更没有理由吵醒她了。我把音量调低，悄悄地上了阁楼，月亮很快就升上天窗中央。

依照上次经验生效的程序，我站得很挺，背对窗户，双拳紧握。我的心跳每分钟达到一百一十下，直接反映了我的害怕程度。

十点整，影子现身了。一开始的身形很淡，大概只比用铅笔在阁楼木板上画出的印子稍深一点儿，然后越来越清楚。我吓呆了，虽然很想做点什么，但我连手指头都动不了。按理说，我的影子应该也动弹不得才对，但它却举起了手，可是我的两只手依旧紧贴着我的身躯。影子歪了歪头，向右，向左，再转向侧面，大概和我一样对发生的事情感到惊讶，它朝我吐了吐舌头。

没错，人真的可以既害怕又同时笑出来，这两者并不冲突。影子在我面前伸展四肢，又在纸箱上变形，钻进行李箱间，一手往上搭在一个盒子上，完全就像靠在盒子上一样。

"你是谁的影子？"我结结巴巴地说。

"你以为我会是谁的？当然是你的，我是你的影子。"

"那你证明啊！"

"打开这个盒子，你自己看吧！我有个小礼物送你。"

我前进了几步，影子散开了。

"不是上面这个，你已经打开过了。拿下面那个盒子。"

我遵照指令，把第一个盒子放在地上，打开第二个盒子的盖子。盒子里装满了我之前从来没见过的照片，是一些我出生时的照片，我看起来就像根干枯的醋腌大黄瓜，只是长得没那么绿又多了双眼睛。在我看来没有它比较好，而且我也不觉得这份特别的礼物多有趣。

"再看看接下来的照片！"影子坚持。

爸爸把我抱在怀里，眼睛看着我，露出我从没见过的笑容。我走近天窗，想看清楚爸爸的脸，他的眼中绽放着和婚礼那天同样的光彩。

"你看，"影子低声说，"他从你诞生的第一刻就爱上你了，他也许从未找到恰当的字眼来跟你形容这一切，但是这张照片已经吐露了所有你想听到的美好话语。"

我继续看着照片，看到自己躺在爸爸的臂弯里让我觉得有点滑稽，我把照片收进睡衣外套的口袋，要把它带在身上。

"现在坐下来，我们得谈谈。"影子说。

我盘腿坐在地上，影子保持同样的姿势，面对着我。我一时错觉以为它是背对着我，但这只是月光的反射效果罢了。

"你有一种特殊的能力，你必须接受并使用它，即使那让你害怕。"

"我要拿它来做什么用？"

"你很高兴能看到这张照片，不是吗？"

我不知道"高兴"是不是一个确切的词，但是这张爸爸把我抱在怀里的照片让我安心许多。我耸耸肩，告诉自己，如果爸爸从离家后就音讯全无，是因为他除此之外别无他法，这么深刻的爱不可能在几个月内就消失，他对我的爱一定还在。

"正是如此，"影子接着说，仿佛已读出我的心思，"为每一个你所偷来的影子找到点亮生命的小小光芒，为它们找回隐匿的记忆拼图，这便是我们对你的全部请托。"

"我们？"

"我们，影子们。"与我对话的影子幽幽地说。

"你真的是我的影子？"我问。

"我是你的，是伊凡的，是吕克的或是马格的，这都不重要，就当我是班上的代表吧！"

我笑了，我完全明白它在说什么。

一只手突然拍在我的肩上，我吓得大叫一声，转过身却看到妈妈的脸。

"你在跟你的影子说话吗？亲爱的。"

此刻，我真的希望妈妈明白这一切，希望她能为发生在我身上的事作证，但她用怜悯又抱歉的表情看着我，我因此断定她不会懂，她不过是听到我在阁楼上自言自语。看来这次我真的得去看心理医生了。

妈妈把我拥入怀里，紧紧抱着我。

"你真的觉得这么孤单？"她问我。

"没有，我跟你发誓没有，"我回答，想让她放心，"这只是个游戏。"

妈妈蹲跪着走向天窗，把脸贴在窗户上。

"这里的视野真美，我很久没有爬上阁楼了。过来，坐在我身边，告诉我，你和影子聊了些什么。"

妈妈转向我时，我看到她的影子，孤零零地在我身边。于是，这次换我抱住妈妈，给她我所有的爱。

"他离家不是因为你，亲爱的，他爱上了另一个女人……而我，我震惊又失落。"

全世界没有一个孩子会想听到妈妈做这样的告白，这些句子不是妈妈说的，是她的影子在阁楼上告诉我的。我想妈妈的影子跟我说这个秘密，是为了让我不再对爸爸的离开感到自责。

我明白了这个信息和影子对我的期待，现在，已经不是想象力丰不丰富的问题，妈妈也不断跟我重复这一点，我什么也不缺。我靠向妈妈，请她帮我一个小忙。

"你可不可以写封信给我？"

"写信？什么样的信？"妈妈回答。

"想象我还在你的肚子里，你想对我说你爱我，可是我们还不能交谈，那你会怎么做？"

"可是我怀着你时，已经不停地跟你说我爱你啦！"

"没错，可是我听不到你说的话啊！"

"听说孩子在妈妈的肚子里听得到所有的话。"

"我不知道是谁告诉你的，总之，我什么都不记得。"

妈妈奇怪地看着我："你到底想干吗？"

"就当作你想对我述说所有你对我的感觉，为了让我记住一切，于是你动念写信给我。比如说，你给刚出生的我写封信，写下你对我的众多期待，在信中，你会给长大后的我两三个关于快乐的建议。"

"那这封信，你要我现在就写吗？"

"没错，正是如此，但你要回溯到我还在你肚子里的妈妈角色。你怀着我时就已经帮我取好名字了吗？"

"没有，我们不知道你是女孩还是男孩，名字是在你出生当天才取的。"

"那就写一封没有称谓的信，这样更真实。"

"你是从哪里生出这些念头的啊？"妈妈问，亲了亲我。

"从我的想象力啊！好啦，你要不要写吗？"

"好——我会写这封信给你，今晚就写。现在，你该去睡觉咯！"

我飞奔上床，期望我的计划可以全盘奏效。如果妈妈遵守诺言，第一部分就成功了。

清晨，当我睁开眼睛，看到妈妈的信放在床头柜上，而爸爸的照片则放在床头灯下，这是六个月来第一次，我们三个聚集在我的房间里。

妈妈的这封信是全世界最美的信，它属于我并且永远为我所有。但我还有一项重要的任务要完成，为了这个原因，我得把这封信与他人分享。虽然妈妈被我蒙在鼓里，但我相信她一定会谅解我的。

我把信放在书包里。上学途中，我先到书店，把一星期省下的零用钱拿来买了一张非常漂亮的信纸。我把妈妈的信拿给店员，用他全新的机器影印了一份，新的信和原来那封看起来简直一模一样，一封几可乱真的信，就像妈妈的信和信的影子。我自己留了妈妈的原信正本。

午休时间，我在大垃圾桶旁闲晃，终于找到我需要的东西——一小块还没被清掉的工具间木头残骸，上面还有足够的炭黑，让我进行第二阶段的计划。

我用刚刚从学生餐厅偷来的餐巾纸把它包住，藏进书包里。

亨利太太的历史课上，当埃及艳后正做着一些夸张的事，让恺撒大帝吃足苦头时，我偷偷拿出烧黑的木块和影印的信，把它们放在书桌上，然后开始把炭黑一点一点抹在信纸上。这边一块，那边一坨。亨利太太应该是看穿了我的小伎俩，她突然停止讲课，把埃及艳后丢在一场演说中，朝我走来。我把信纸揉成一团，飞快地从笔盒中抓了支笔。

"告诉我你手里藏了什么东西。"她说。

"我的笔，老师。"我不假思索地回答她。

"你的蓝笔漏水漏得真特别，竟然能让你染满了黑色印渍，等你拿到一支能正常写字的笔，就给我写一百遍'历史课不是用来画画的'。现在，去把手和脸洗干净，然后马上回来。"

我往门口走去时，全班同学都笑翻了。唉——她真美啊，我的女同学！

走到厕所的镜子前，我立刻明白我刚刚为什么被抓包——我真不该用手擦额头的，我看起来就像个煤矿工。

回到我的课桌旁，我拿出已经被揉得有点破烂的信纸，怀疑所有的心血都已化为乌有。还好结果相反，这封信被我一揉，竟然完全呈现出我原来想做的效果。下课铃很快就要响起，我马上就能执行第三阶段的计划。

* * *

我对计划的成功抱着很高的期待。第二天，信已经不在我原先草草埋藏的地方，我原本把它埋在旧工具间残存的一截木头底下。

但我一直耐心等了一个星期后，才得到证实。

*　*　*

　　隔周的星期二，我正和吕克坐在我最爱的长椅上大聊特聊。伊凡走过来，请我同学回避一下。他坐在吕克的位子上，好一会儿都没说话。

　　"我已经向校长辞职，这个周末就走，我想亲口告诉你这件事。"

　　"什么？连你也要离开？为什么？"

　　"一言难尽。依我的年纪，我是该离开学校了，不是吗？其实待在这里这么多年，我都活在过去，把自己禁锢在童年里。但是从今以后，我就自由了，我还有时间去弥补，我得去建立一个真实的人生，一个让我最终会得到幸福的人生。"

　　"我懂了，"我嘟囔，"我会想你，我很高兴有你这个朋友。"

　　"我也会想你，也许某天我们还会再见。"

　　"也许吧！你接下来有什么打算？"

　　"到外地碰碰运气。我有一个陈年旧梦要实现，还有一个诺言要履行。如果我告诉你，你会保守秘密？发誓？"

　　我在地上吐痰起誓。

伊凡在我耳边低声说着他的秘密，但因为这是个秘密，嘘——我可是说话算话的人。

我们互握了手，说定最好当下互道再见，不然等到星期五再说，就太伤心了。这样的话，我们还有几天可以慢慢适应不会再见的念头。

回家后，我爬上阁楼，重读妈妈的信。也许，就是因为她在信中写到，她最大的心愿就是我将来能开心地茁壮成长；她期盼我找到一份让自己快乐的工作，不论我在人生中作出什么选择，不论我会去爱或是被爱，都希望我会实现所有她对我寄予的期望。

没错，也许就是因为这些句子，解开了一直将伊凡禁锢在童年的枷锁。

有片刻时间，我有点后悔跟他分享妈妈的信，这让我失去了一个伙伴。

校长和老师在学生餐厅筹办了一个小欢送会，伊凡比他想象中来得受欢迎，所有的学生家长都来了，我相信这让他很感动。我请妈妈带我离开，伊凡离开，我不想跟任何人一起庆祝。

这是一个无月的夜，就算去阁楼也没什么用，但就在睡梦中，我听到房间的窗帘褶皱里，传来伊凡的影子向我道谢的声音。

*　*　*

自从伊凡走后，我再也不到从前的工具间附近闲逛，我相信这里也有许多影子。回忆在游荡，一旦靠得太近，就会感受到愁绪。失去伙伴不好受，虽然经历过转学，我应该习惯才对，但才不是这样呢，这根本无药可救。每次都一样，一部分的自我遗落在离开的人身上，就像爱情的忧愁，这是友谊的愁绪。千万不要跟别人产生牵绊，风险太大了。

吕克知道我难过，每天傍晚从学校回家，他都邀请我去他家，我们一起做功课，在数学作业与历史功课的复习间隙，共享一个咖啡口味的闪电面包。

一学年终于要结束了，我每踏出一步都超级小心。在使用我的新能力前，我需要重新鼓起勇气。我想好好学会使用这种能力。

六月到了尾声，暑假快到了，我成功地在这段时间保住了我的影子。

　　妈妈没有参加我的颁奖典礼，她正好值班，而且没有一个同事可以帮她代班，她为此很伤心。我跟她说没关系，明年还会有另一场典礼，我们可以提早安排，让她可以排假出席。

　　我走上讲台，朝坐了学生家长的观众席看了一眼，期望能从中看到爸爸，说不定他正混在爸爸群中，要给我一个惊喜呢！不过看来爸爸应该也在值班，我爸妈真是运气不好，我不怪他们，这不是他们的错。

　　参加期末颁奖典礼的好处，就只是因为这表示"学年结束"了，可以两个月不用看到马格和伊丽莎白像两个呆子般在操场的七叶树下窃窃私语，这整整两个月，我们称为"夏天"，而这也是四季中最美的季节。

偷 影 子 的 人
Le voleur d'ombres

海滩上的克蕾儿

她凝视着我，

漾出一朵微笑，

并且在纸上写下：

"你偷走了我的影子，

不论你在哪里，

我都会一直想着你。"

　　住在这个小城的好处，就是不太需要跑大老远去度假。不论是可以戏水的池塘，还是可以野餐的森林，我们都能在当地找到想要的一切。吕克也没去度假，他爸妈的面包店得营业，否则客人就会被迫去超市买面包。吕克妈妈说，人一旦养成坏习惯，就很难再戒除了。

　　七月底发生了一件很了不起的事，吕克多了一个妹妹。看到她在摇篮里手舞足蹈，真是件很有趣的事。从他妹妹出生后，吕克就变得有点不一样了，他不再那么无忧无虑，不但会想到他身为大哥的角色，还常跟我说他以后要干吗之类的话。我也好想有一个小弟弟或小妹妹。

　　八月，妈妈有十天的假期，我们向她一个朋友借了车，一路开到海边去，这已经是我第二次去那里。

大海一点儿都没变老，沙滩和我上次来时一样。

正是在这个滨海小镇，我遇到了克蕾儿——一个比伊丽莎白漂亮很多的女孩。克蕾儿从出生就又聋又哑，简直就是为我量身打造的朋友，我们立刻就混得很熟。

为了弥补她的耳聋，上帝给了克蕾儿一双大大的眼睛，那么深邃，让她的脸上充满了迷人的光彩。因为听不到，所以她能看尽一切，没有一丝细枝末节能逃过她的眼睛。其实，克蕾儿不是真的哑了，她的声带并未受损，只是因为她从未听见过话语，所以发不出声音。这很符合逻辑。当她试着说话，她的喉咙就会发出嘶哑的声音，乍听会让人有点害怕，但只要她一笑，就会发出像大提琴音色般的声音，我爱极了大提琴。克蕾儿不会说话，但这绝不表示她没有同龄的女生聪明，相反的是，她能用手，背诵出她牢记的许多诗词——克蕾儿通过手语和人沟通。我的第一个聋哑女性朋友的个性很刚强，比如说，为了要表达她想喝可口可乐，她会用手指比画出不可思议的东西，而她爸妈马上就能猜到她要什么。我立刻就学会了如何用手语说"不"，当她问我们能不能再来一球冰激凌时。

我在沙滩的小杂货店买了一张明信片，想写信给爸爸。因为空间不够，我把左半边用密密麻麻的小字填满，但填到右半边时，我的笔停顿在半空中，我的脑海一片空白——我不知道爸爸的地址。突然意识到我竟然不曾注意到爸爸住哪里，成为我诸多打击中的其中一击……我想到伊凡在操场长椅上跟我说过的金玉良言，他说有大好的前程在我面前。但坐在沙堆中，我只看到前面有俯冲入水抓鱼的海鸥，让我想起跟爸爸去钓鱼的片段。

人生总能以不可思议的速度翻转，一切都运行得很糟，但突然间，一件意料之外的事就改变了事情的发展。我一直想要过另一种生活，虽然我没有兄弟也没有姐妹，但就像吕克一样，我也常思考自己的未来，而在这个和妈妈共度的夏日海滨假期里，我的人生彻底颠覆。

遇到克蕾儿后，我确信人生再也不同以往。等到开学当天，同学得知我有一个聋哑女性朋友时，一定会忌妒得脸都绿掉。我一想到伊丽莎白不快的表情，就觉得很开心。

克蕾儿会在空中写字、写诗，伊丽莎白根本一点儿都比不上她。爸爸常说永远不要把人拿来比较，每个人都与众不同，重要的是找到最适合自己的差异性。克蕾儿就是我的差异性。

一个阳光灿烂的上午，也是我们到此以来的第一个大晴天，克蕾儿在我们沿着港口散步时贴近我。我们过去从未如此亲近过。我们的影子在码头上相触，我害怕，退了一步。克蕾儿不明白我的举动，幽幽地看着我，我从她眼中看出了忧伤，接着她就跑开了。任凭我尽全力喊破喉咙叫她，她却连头也没回。我真白痴，她根本听不到我的呼唤！我从第一次邂逅的头几秒钟，就梦想着要牵她的手，面对着大海的我们，会比站在学校操场可怜的七叶树下的伊丽莎白和马格更登对。而我之所以后退，是因为我尤其不想偷走克蕾儿的影子，我完全不想知道那些她不想用手语对我说的话。克蕾儿没办法猜到这些事，而我后退的举动伤了她的心。

这天晚上，我不停地想着该怎样向她道歉，让我们言归于好。

权衡轻重之后，我确信修补裂痕的唯一办法，就是告诉克蕾儿真相。依我看，与克蕾儿共享秘密是唯一的解决之道，如果我真的想跟她彼此了解。要是不敢承担向人坦诚的信任风险，还谈什么跟对方建立关系呢？

剩下的问题是要怎样向她吐露一切。我的手语程度还很有限，也没有足够的手势向她比画出这么一个故事。

第二天，天空一片阴霾，克蕾儿蹲坐在码头尽头的一块礁石上，正抛着小石头打水漂。她妈妈因为太开心她终于有了朋友，所以跟我说了她的避难处，她每天早上都会去那里。我去找她，坐在她身边，一起看着海浪一波波打向流沙。克蕾儿一副当作我不存在的样子，彻底忽略我。我鼓起全身的力气，把手朝她伸过去，想要握她的手，但克蕾儿站了起来，踩跳着一块块的礁石跑远了。我追上她，牢牢站在她面前，用手指着我俩的影子，它们正长长地拖在码头上。我请她别动，我向旁边移了一步，我的影子便覆盖了她的影子，接着我后退一步，克蕾儿的眼睛瞪得更大，她马上就明白发生了什么事，即使对一个从没见过这种事的人来说，一切也不难理解。我面前的影子有着长长的头发，而她眼前的，则是短发。我堵住耳朵，期盼她的影子和她一样缄默，但我还是听到了它在对我说："救命啊，帮帮我。"我跪下，大喊着："闭嘴，我求你，别说了！"然后我立刻再度让我们的影子交叠，让一切回归原貌。

克蕾儿在空中画了一个大问号，我耸耸肩，这一次，走开的人是我。克蕾儿跑着追在我身后，我害怕她在礁石上滑倒，便放慢了脚步。她抓住我的手，同样想跟我分享秘密，让我们之间扯平。

码头尽头有个不起眼的小小灯塔，孤单地伫立在那里，一副被父母遗弃，而后停止长大的模样。塔灯是熄灭的，它已经很久不曾照亮大海。

你偷走了我的影子，不论你在哪里，我都会一直想着你。

被遗弃在码头尽头的旧灯塔，才是克蕾儿真正的秘密基地。自从她对我说过它以后，每次我们见面她都会带我到那里去。我们穿过挂着"禁止进入"的生锈老旧告示牌的铁链，推开因盐分侵蚀锁孔而解放了灵魂的铁门，爬上通往老旧瞭望台的楼梯，克蕾儿总是一马当先登上通往塔顶的梯子。我们在那里一待就是好几个小时，观察船舶并欣赏天际线。克蕾儿会以左腕的细微波动来刻画波浪，再以起伏的右手来呈现大型帆船在海面上来回穿梭的情景。当夕阳西斜，她用两手的拇指和食指圈成虚拟的太阳，从我背后滑下，然后她大提琴般的笑声就占据了整个空间。

晚上，妈妈问我白天去了哪里，我只告诉她我待在沙滩某个地方，一个与灯塔相反的方向——一个专属于克蕾儿和我的私有灯塔，一个毫不起眼的小小灯塔，一个被人遗弃而被我们认养的灯塔。

假期的第三天，克蕾儿不想登上塔顶。她坐在灯塔下，我从她微愠的脸色猜到她可能要我做什么事。她从口袋里拿出一本便条本，草草在纸上写下："你怎么做到的？"然后拿给我看。

轮到我拿着她的便条本回答问题。

"做到什么？"

"关于影子那件事啊！"克蕾儿写道。

　　"我一点儿概念都没有，事情就这样发生，我就任其继续下去了。"

　　铅笔在纸上画出沙沙的声音，克蕾儿画掉她的句子，应该是在下笔时改变了主意。她最后写给我的句子是："你很幸运，影子会跟你交谈吗？"但我还是从画掉的痕迹中读出了她原来写的句子："你疯了！"

　　她怎么猜得到影子会跟我说话？我完全没办法骗她。

　　"是的！"

　　"我的影子是哑巴吗？"

　　"我认为不是。"

　　"是'你认为'还是'你确定'？"

　　"它不是哑巴。"

　　"那很正常，在我脑袋里，我也不是哑巴。你想跟我的影子谈谈吗？"

　　"不要，我宁可跟你聊。"

　　"我的影子跟你说了什么？"

　　"没什么重要的，时间太短了。"

　　"我影子发出的声音好听吗？"

　　看来我刚刚没抓到克蕾儿前一个问题的重点，这就好像一个盲人问我，她的倒影在镜中看起来像什么一样。克蕾儿的独特之处，就在于她的静默。在我眼中，这才是她与众不同之处，但克蕾儿却梦想着和其他同龄的女生一样，能用手语以外的方式表达自己。要是她能知道自己与众人的差异点有多美好，那该有多好。

我拿起铅笔。

"是的，克蕾儿，你影子发出的声音很清脆，迷人又悦耳。就跟你一样完美。"

我边写下这些句子边羞红了脸，克蕾儿也边读边红了脸。

"你为什么难过起来？"克蕾儿问我。

"因为假期一定会结束，到时我一定会想你。"

"我们还有一个星期的时间。假如你明年回来，你知道可以在哪里找到我。"

"是，在灯塔下。"

"我会从假期的第一天开始就在那里等你。"

"你发誓？"

克蕾儿用手比出发誓的姿势。这比用文字写出来还要优美。

天空露出一线光亮，克蕾儿抬起头，在便条本上写道："我想要你再踩上我的影子，然后告诉我，它跟你说了什么。"

我有点儿犹豫，但我想让她开心，所以我走向她。克蕾儿把手搭在我的肩上，紧贴着我。我的心顿时狂跳不已，我完全没注意到我们的影子，只看到克蕾儿深邃的双眼逼近我的脸庞，正目不转睛地看着我。我们的鼻子轻轻触到，克蕾儿吐掉口香糖，我的双腿发软，我觉得我快昏倒了。

我从电影里学到，亲吻时会尝到蜂蜜般的滋味，但跟克蕾儿接吻，我尝到的是她亲我前才吐掉的草莓口香糖的味道。听到我的心在胸膛里击鼓般的咚咚声，我跟自己说，我们可能会因为亲吻而死掉。虽然我希望她再来一次，但她已经退后。她凝视着我，漾出一朵微笑，并且在纸上写下："你偷走了我的影子，不论你在哪里，我都会一直想着你。"然后她就跑着离开了。

这正说明了人生如何能在瞬间颠覆。八月里，仅仅遇到一个克蕾儿，每个早晨就再也不一样，每个当下也不再同于以往，而孤独便能拭去。

献出初吻的那天晚上，我一度想写信给吕克，跟他诉说这一切。也许是为了延长这一刻的感觉。谈着克蕾儿，仿佛就能把她多留在身边一会儿。但接下来，我就把这封信撕得粉碎。

　　第二天，克蕾儿不在灯塔下面，我在码头上来回走了数十趟等她。我怕她跌进了水里。心系心上人真是令人不安，很难想象竟然让人如此难受，光是害怕会失去她，就让人痛苦不堪。我以前从来没有想过会这样。对于爸爸，我当时没有选择，我们无法选择父亲，更无法改变他决定某天要离开的事实。但对克蕾儿，是完全不同的事，跟她在一起，一切都不一样。但我突然听到远方传来大提琴般的笑声，我沮丧得不能自已，克蕾儿正在港口，跟她爸妈站在冰激凌小贩的摊子前，她爸爸把冰激凌弄掉在衬衫上，惹得克蕾儿大笑。我不知道该怎么办，是该待在原地，还是该跑去找她？克蕾儿的妈妈向我挥挥手，我回敬她一句日安，然后往相反的方向离开。

　　这一天过得很糟，我一直在等克蕾儿，完全搞不懂自己为何郁闷。我们昨天还在上面散步的防波堤，已经被浪花打到，独自走在那里，让我难过得要死。我一定是碰上了最惨的影子，一个名为"分离"的影子，有它在身边真是糟透了。我真不该相信克蕾儿，不该向她吐露我的秘密，不该和她相遇。几天前，我还不需要她，我的人生虽然一成不变，但至少可以过日子。现在，一没有克蕾儿的消息，一切都崩溃了。要等着别人的指令才能感受到幸福，这感觉实在讨厌极了。我离开码头，走到沙滩的小杂货店附近。我想写信给爸爸，于是从旋转陈列架上偷拿了一大张明信片，然后坐到小酒吧的位子上。这个时候的客人不多，服务生也没说什么。

爸爸：

我在海边写信给你，妈妈和我来这里度几天假。我多么希望你能跟我们在一起，但是事实就摆在眼前。我很想知道你的近况，想知道你是否过得快乐。对我而言，幸福的一面，总是来了又去。如果你在这里，我就能告诉你发生在我身上的事，我想这样应该会让我好过一点儿。你应该会给我一些建议。吕克说他凡事都要听他爸爸的建议，我却没有你的建议可听。

妈妈说性急会杀死童年，但我真的好想长大。爸爸，我好想可以自由地去旅行，好想逃离让我不开心的地方。长大后，我会去找你，不论你在哪里，我都会找到你。

如果在那之前我们无法相见，那么我们要跟对方述说的事情，会多到得花上百顿中餐的时间，才能一一说完。又或者，需要我俩单独共度至少一周假期的时间。要是真能跟你共度这么长时间，那就太好了。但我推测这一定很难实现，我不由得自问为什么会这样。每次一想到这里，我也会问为什么你不写信给我，你知道我的地址啊！或许你会回这张明信片，或许我一回家就会看到你的信，或许你会来找我？

我想我已受够了这些"或许"。

依然爱你的儿子

我慢吞吞地走到邮筒旁。管他呢，就算我不知道爸爸住在哪里，就像写信给圣诞老公公一样，我投了信，没贴邮票也没写地址。

＊　　＊　　＊

杂货店的陈列架上挂着一只纸风筝，老鹰形状。我跟老板说妈妈晚点会来帮我付钱。我满脑子相信妈妈会这样做，我把风筝夹在腋下离开。

线长四十米，包装上这样写着。离地四十米，应该可以俯视整个滨海小镇、教堂的时钟、市场的小路、树林里的马场和直通村庄的大马路。如果把线放掉，就能观看整个国家，要是风向好，说不定还能环游世界，从很高的地方俯瞰思念的人。我多想化身为风筝。

我的老鹰风筝漂亮地爬升，线轴还没放尽，它已经骄傲地飞向天空。它的影子在沙子上漫步，风筝的影子是死的，只是一些小点。玩够后，我把"老鹰"拉向我，收起翅膀，带着它一起回家。回到家庭旅馆的套房，我一度想找地方把它藏起来，但后来改变了主意。

我把妈妈应该送给我的礼物拿给她时，被狠狠骂了一顿，她威胁要把风筝丢到垃圾桶里，后来她有了更残酷的主意：逼我把风筝拿去还给杂货店老板，还要我为自己"不可饶恕的行为"向老板道歉。即使我用尽了具有毁灭性的忏悔笑容，可惜对妈妈一点儿破坏力也没有。我只好饭也没吃就去睡觉，反正吃饭对我来说也不重要，我光是生气就气饱了。

*   *   *

第二天早上十点半，妈妈把车停在沙滩杂货店门口。她打开车门，丢给我一记威胁的眼神："好了，下车，快一点儿，你知道该做什么！"

我的酷刑从早餐后就开始了，我得重缠风筝线，让线轴完美地卷成一圈，再把"老鹰"的翅膀重新折好，系上妈妈给我的缎带。接下来的车程在一片肃穆气氛中度过。最终的考验则是穿过广场走到杂货店，把风筝还给老板，并向他道歉，我辜负了他的信任。我走过去，肩膀垂得低低的，腋下夹着我的风筝。

　　透过车窗，妈妈只能看到身影，听不到声音。我走向老板，装出一副可怜兮兮的模样，告诉他，我妈妈没有钱帮我买生日礼物，所以无法买下这只风筝。老板回答说可这并不是个贵重的礼物。我回他说我妈妈实在太吝啬，她的字典里没有"不贵"这种字眼。我还说我真的很抱歉，这个风筝跟新的一样，我只放过一次而且没有放得很高。最后，我向老板提议，为了补偿他的损失，我愿意帮忙整理店里的东西。我请求老板宽恕我，告诉他，如果我没把问题解决就离开，我可能连圣诞节礼物都别想拿到。我的说辞应该很有说服力，老板看起来被我糊弄了。他朝妈妈投去一记恶狠狠的眼神，又对我使了个眼色，说他愿意把这只风筝送给我。他甚至想去跟妈妈讲几句话，但我说服他这不是个好主意。我再三向他道谢，并请他帮我寄放这份礼物，我晚点儿再过来拿。我走回车上，向妈妈保证我完成了任务。妈妈恩准我去沙滩玩，然后她就走了。

　　我没有因为说了妈妈的坏话而感到窘迫，也没有因为报了仇而感到懊丧。

妈妈的车一从视线消失，我就去拿回我的老鹰风筝，然后飞奔到退潮的沙滩上。一边放着老鹰风筝，一边听着贝壳在脚下爆开的声音，这实在是件很美妙的事。

风比昨天强劲，线轴被快速地扯动而放线。经过一阵轻拉猛扯，我成功画出第一个图像，一小部分近乎完美的数字"8"。风筝的影子在沙上滑行得很远。突然，我发现身边多了一个熟悉的身影，我吓得差点儿松开老鹰风筝。克蕾儿抓住了我的右手。

她把手放在我的手上，不是为了握住我的手，而是要操控风筝的手柄。我把风筝交给她，克蕾儿的笑容无人能敌，我完全无法拒绝她的任何要求。

这绝对不是她第一次放风筝，克蕾儿以令人惊讶的灵活度操纵风筝。一连串完整的"8"，无数个完美的"S"。克蕾儿真的对写空气诗很有天分，她能在天空中画出许多字母。当我终于看懂她在做什么时，我读出她写的字："我想你。"一个会用风筝向你写出"我想你"的女孩啊，真让人永远都忘不了她。

克蕾儿把老鹰风筝放在沙滩上，她转向我，坐在潮湿的沙子上。我们的影子连在一起，克蕾儿的影子倾身向我。

"我不知道对我来说哪一样比较痛苦，是从背后传来的讪笑，还是朝我射来的轻视眼光。谁会愿意爱上一个无法言语的女孩，一个笑时会发出嘶哑叫声的女孩？谁能在我害怕时给我安全感？我真的很害怕，我什么都听不到，包括脑海中的声音。我害怕长大，我很孤单，我的白昼如同无尽的黑夜，而我如同行尸走肉一般穿越其中。"

世上没有任何一个女孩敢对一个刚认识的男孩说出同样的话。这些话并非由克蕾儿的口中发出，而是她的影子在沙滩上低低地向我诉说，我终于明白为何之前影子会向我求救。

"克蕾儿，你要知道，对我来说，你是全世界最美丽的女孩，是那种可以用嘶哑叫声擦去天空的阴暗、有着大提琴般音色的女孩。你要知道，全世界没有一个女孩可以像你一样让风筝快速旋转。

"这些话，我只敢悄悄在你背后喃喃地说，不敢让你听到。一面对你，我就成了哑巴。"

我们每天早上都在码头相见。克蕾儿会先去小杂货店拿我的风筝，然后我们一起跑向废弃的旧灯塔，在那里度过一整天。

我编造一些海盗的故事，克蕾儿则教我用手语说话，我渐渐挖掘出这个很少人熟知的语言的诗意。我们把风筝线钩在塔顶的栏杆上，"老鹰"盘旋得更高，在风中嬉戏。

中午，克蕾儿和我靠在灯塔下，共享妈妈帮我准备的午餐。妈妈是知情的，虽然我们晚上从来不谈这个，但她知道我和一个小女生来往，一个不会说话的小女生——套一句镇上的人对克蕾儿的称呼。大人真的很怪，竟然会害怕说出某些字眼，对我来说，"哑巴"这个词美丽多了。

偶尔，吃完午餐后，克蕾儿会把头靠在我肩上小睡。我相信这是一天中最美的时刻，是她放松的时刻。看着一个人在你眼前放松真的很动人，我看着她沉睡，想着她是否在梦里寻回自己的语言，是否听到自己清脆如银铃的声音。每天傍晚，我们会在分离前亲吻。这是永生难忘的六天。

* * *

我短暂的假期接近尾声，妈妈开始在我吃早餐时准备行李，我们很快就要离开旅馆。我央求妈妈多留几天，但她若还想保住工作，我们就必须踏上归途。妈妈答应我明年再来。但是一年里能发生好多事啊！

我去向克蕾儿道别，她在灯塔下等我，一看到我，她马上明白我为什么脸色不对。她不想爬上塔，只做了个手势叫我离开，转身背对着我。我从口袋里拿出昨天夜里偷偷写好的字条，上面写满了我对她的感觉。她不想收下，于是我抓住她的手，把她拉到沙滩上。

我用脚尖在沙上画出一个半心，把我的字条卷成锥状，插在图案中心，然后就离开了。

我不知道克蕾儿有没有改变主意，有没有把我画在沙上的图画完成。我不知道她是否看了我的字条。

* * *

在回家的路上，也许是出于害羞，我突然期望她没有去拿我的字条，让它被潮水卷走。我在字条上写道，她是我每天一睁开眼睛就会想到的人，而每晚我一闭上眼睛，面前就会浮现出她的双眼，它们在深夜里如此深邃，就像一座被认养的骄傲的旧灯塔燃起的塔灯。写情书这方面，我真的挺笨拙的。

我还得收集满满的回忆，好撑过接下来的寒暑。我要为秋天保存一些幸福的时刻，好在黑夜滞留上学途中时咀嚼。

开学那天，我决定什么都不要告诉别人。用谈论克蕾儿来激怒伊丽莎白，这个主意我再也不感兴趣。

　　我们再也没有回到那个滨海小镇，来年没有，接下来的每一年都没有。我再也没有克蕾儿的消息。我很想给她写封信，就填上：码头尽头废弃的小灯塔。但光是写出这个地址，就表示出卖了我们的秘密。

　　两年后，我吻了伊丽莎白，她的吻既没有蜂蜜的味道也没有草莓的香味，只有一种对马格报复的香气，证明我从此跟他一样了。连续三届当选班长终于赋予了人相当大的影响力。

　　亲吻后的第二天，伊丽莎白就和我分手了。

　　我没有再参选班长，马格取代了我而当选。我很乐意把职责交给他，长久以来，我早已厌倦了耍心机搞斗争。

吕
克
的
梦
想

生命中某些珍贵的片刻，

其实都来自一些微不足道的事情。

如果我今晚没有留下来，

我想我永远不会与母亲有此番深谈。

与母亲一起离开阁楼后，

我最后一次踱回天窗底下，

默默感谢我的影子。

对夜晚的恐惧其实来自对孤独的恐惧，我不喜欢一个人睡，却被迫如此生活。我住在一栋离医学院不远的大楼顶层套房，昨天刚过完二十岁生日，因为该死的早读，我活该独自庆生，没时间交朋友。医学院的课程不允许我有多余的时间。

两年前，我抛下童年，将它扔在学校操场的七叶树后，遗忘在成长的小城中。

毕业典礼当天，妈妈顺利出席，刚好有一位女同事帮她代了班。我似乎隐约瞥见爸爸的身影出现在校门的铁栅栏后，但我应该又是在做梦了，我总是想象力太丰富。

我把童年留在回家的路上，在那里，秋雨曾沿着我的肩膀流下。我也把童年埋进阁楼里，在那里，我曾一边看着爸妈相爱时的照片，一边和影子说话。

我把童年扬弃在火车站的月台上，在那里，我向我最好的朋

她添了皱纹，但眼中闪耀着永不老去的温柔。父母到了某个年纪总会变老，但他们的容颜会深深烙印在你的脑海里，只要闭上眼睛，想着他们，就能浮现出他们昔日的脸庞，仿佛我们对他们的爱能让时光停顿。

友——面包师傅之子道别；在那里，我把妈妈拥进怀里，向她承诺尽可能回来看她。

在火车站的月台上，我看到妈妈哭泣，这一次，她没再试图别过脸去。我不再是那个她需要全力保护的孩子，她再也不必藏起泪水，藏起她从未远离的悲伤。

我贴在车厢的窗户上。当列车启动，我看到吕克握着妈妈的手，安慰着她。

我的世界从此转向，本来坐上这节车厢的人应该是吕克，他才是对科学有天分的人。我们之间，那个理当照顾为别人，尤其是为儿子奉献一生的护士的人，本该是我。

* 　* 　*

医学系四年级。

妈妈退休了，转到市立图书馆服务，每个星期三和三个朋友打牌。

她常常写信给我，但我奔波在课堂与医院值班室之间，完全没空回信。她一年来看我两次，春、秋季各一次。她会住在大学附属医院附近的小旅馆里，并逛逛博物馆，等我结束忙碌的一天。

我们会沿着长长的河岸散步，她边走边要我谈谈生活琐事，还给我许多建议——关于一个充满人性关怀的医生必须做到的事；在她眼中，这和成为一名好医生同样重要。四十年的工作生涯中，她遇到过很多医生，所以一眼就能看穿哪些是重视职业胜于病患的医生。我总是沉默地听她说。散完步，我会带她去一间她很喜欢的小餐馆吃晚餐，她往往抢着付账，每次抢账单时都说："等你将来当了医生，再请我去高级餐厅吃大餐吧！"

她添了皱纹，但眼中闪耀着永不老去的温柔。父母到了某个年纪总会变老，但他们的容颜会深深烙印在你的脑海里，只要闭上眼睛，想着他们，就能浮现出他们昔日的脸庞，仿佛我们对他们的爱，能让时光停顿。

妈妈每次来都会做一项工作：把我的小窝恢复原貌。每次她走后，我都会在衣柜里发现一堆新衬衫，而床上干净的被单，会泛着和我童年房间同样的香气。

我的床头柜上总是放着一封当年我请妈妈写给我的信，和一张在阁楼里找到的照片。

送妈妈去车站时，她会在上车前把我拥进怀里，她抱得如此之紧，让我每次都很害怕再也看不到她了。我看着她的列车在蜿蜒的铁道上消失，奔向我长大的小城，朝着离我六小时车程的童年驶去。

妈妈离开后的隔周，我必定会收到她的信，向我描述她的旅程、她的牌友，还会给我一堆刻不容缓的必读书单。可惜的是，我唯一的读物只有医学月刊，我每晚都会一边翻阅，一边准备实习医生国考。

我通常在急诊部和小儿科轮值，这都需要高度的责任心。我的主任是个不错的家伙，一个不喜欢吼人的教授，但只要有一点点粗心或是犯一点儿小错，就会听到他的咆哮。不过他很无私地把知识传授给了我们，这也是我们想从他身上学到的。每天早上，从查房开始，他会孜孜不倦地告诫我们，医生不是一门职业，而是一份使命与天职。

休息时，我会飞奔到医院的餐饮部买个三明治，坐在院区的小花园吃。我常在那里遇到几个恢复期的小病患，他们在父母的陪伴下来这里透透气。

而正是在那里，在一块方形开满花的草坪前，我的人生再度翻转。

＊　＊　＊

　　我在长椅上打瞌睡，读医学院是一场对抗睡眠不足的长期奋战。一个四年级的女同学走过来，坐在我身边，把我从昏昏沉沉中拉了出来。苏菲是个耀眼又美丽的女孩，几个月来，我们一起见习，相互调情却从未为彼此的关系定调，我们互称朋友，故意忽略对对方的渴望。我们都知道彼此没时间经营一段真正的关系。这个早上，苏菲第N次谈到她在照顾的病患——一个已经两周无法进食的十岁小男孩，没有任何病理学家可以解释他的病况。他的消化系统正常得不得了，没有任何症状证明他为何会抗拒最基本的进食。这个孩子现在只能靠打点滴维持，而他的身体状况愈来愈糟，即使会诊了三位心理医生也无法解开谜团。苏菲完全对这个小人儿着了迷，迷到什么事都不想做，成天只想为他的病找出解决之道。因为想要重拾我们每周晚上一起复习功课的时光，虽然没什么把握，但我承诺她会研究一下病历，从我的角度去思考可能的解决方法，一副好像我们两个小见习医生比整个医院的医疗团队还来得聪明、厉害。不过，每个学生不是都梦想着超越他的老师吗？

　　苏菲谈着小男孩身体的衰弱状况时，我的注意力被一个在花园走道玩跳房子的小女孩吸引了。我很专注地观察她，突然发现她并不是依照规则一格一格地跳，而是完全不同的玩法——小女孩并脚跳向她的影子，期望可以超越它。

我问苏菲她的小病人能不能坐轮椅，并建议她把他带来这里。苏菲本来希望我能去病房看他，但我坚持要她不要浪费时间。太阳很快就会消失在主建筑物的屋顶，我需要看到他。苏菲虽不乐意，但最后还是屈服了。

她一走开，我立刻走近小女孩，告诉她我要跟她说一个秘密，要她承诺为我保密。她专心地听我说话，并接受了我的提议。

一刻钟后，苏菲推着她的小病人回来了，他被绑在轮椅上，从他苍白的皮肤和消瘦的两颊可以看出他很虚弱。看到他这个样子，我更能了解苏菲多为他烦心。苏菲停在离我不远处，我从她眼中读出疑惑，她用无声的方式问我："好，现在要怎么做？"我建议她把轮椅推到小女孩旁，她照做，再走回长椅找我。

"你认为一个十一岁的小丫头能把他治好？这就是你的神奇药方？"

"留点时间让他对她感兴趣。"

"她在跳房子，你何以见得他会对她感兴趣？好了，到此为止，我要带他回病房。"

我捉住苏菲的手臂，阻止她离开。

"出来透气几分钟对他不会有害处。我相信你还有其他病人要探视，就把他们两个留在这里，我会在这段休息时间看着他们。别担心，我会小心的。"

苏菲走回儿科病房，我走近孩子们，取下把小男孩绑在轮椅上的带子，把他抱到方形的草地上。我先坐下，把他放在膝上，背向夕阳的余晖。小女孩又回到她的小游戏里，就如我们原先约定的一样。

"你在害怕什么，我的小人儿，为何放任自己衰弱？"

他抬起视线，什么也没说。他的影子如此纤细，依偎着我的。小男孩在我的臂弯里放松下来，把头靠在我的胸膛上。我祈求上天让我童年的影子回来，那已经是好久好久以前的事了。

全世界没有一个孩子能捏造出我刚刚听到的故事。我不知道是他还是他的影子在低低向我倾诉，我早已遗忘这种真情流露的感觉。

我把小男孩抱回轮椅，把小女孩叫过来，让苏菲一回来就能看到小女孩陪在小男孩身边，然后我回到长椅上。

　　苏菲回来找我时，我告诉她跳房子冠军和她的小病人相处甚欢，她甚至成功地让他说出了心灵创伤，还答应让我帮他说出来。苏菲看着我，一脸疑惑。

　　原来小男孩很喜欢一只兔子，它是他的知己、他最好的朋友。不幸的是，两个星期前兔子逃走了。在它失踪当晚，晚餐吃到最后，男孩的妈妈问全家人喜不喜欢吃她煮的这道"红酒洋葱炖兔肉"。小男孩因此立刻推论他的兔子已经死了，自己还吃了它。从那之后，他脑中只有一个念头：他要赎罪，并且要去天堂和好友相会。人们也许该在告诉孩子死了的人会在活人之外的天上活下去前三思。

　　我起身，留下一脸惊愕的苏菲坐在长椅上。现在我找出问题了，重要的是思考如何解决。

　　值完班后，我在抽屉里看到一张字条，苏菲要我去她家找她，不管多晚。

＊　＊　＊

　　我在清晨六点按响了苏菲家的门铃，她让我进门，刚睡醒的双眼肿肿的，全身只着一件男装衬衫。我觉得她这身穿着实在很诱人，即使她身上的衬衫不是我的。

她在厨房为我煮了杯咖啡，问我究竟如何能搞定三个心理医生都束手无策的烫手山芋。

我提醒她，孩子们都拥有成人所遗忘的语言，一种仅存于孩子间、方便他们沟通的语言。

"所以你早就料到他会向那个小丫头说出心里话？"

"我是期望好运会站在我们这一边，即使是微不足道的机会，也值得尽力一试，不是吗？"

苏菲打断我，驳斥我的谎言，原来小女孩向她坦承，在我陪着她的小病人期间，小女孩都在玩跳房子。

"所以是她的证词对上我的证词咯？"我回答，对苏菲微笑。

"好笑的是，"她强硬反驳，"我相信她的话大过于相信你的。"

"你能告诉我这件男装衬衫是谁送你的吗？"

"我在旧衣店买的。"

"你看，你跟我一样不善于说谎。"

苏菲起身，走向窗户。

"我昨天中午打电话给小男孩的爸妈，他们都是乡下人，完全没想到儿子竟然跟一只兔子感情那么好，更不懂为什么跟这一只特别好。他们完全没办法理解，对他们而言，把兔子养大，就是为了吃掉。"

"你问他们，如果有人逼他们吃掉他们养的狗，他们会有什么感觉。"

"责怪他们毫无意义，他们也吓坏了。妈妈不停地哭，爸爸也好不到哪里去。你有没有办法把这个孩子救出目前的困境？"

"不确定。试试看请他们找只年幼的兔子来，跟原来那只一样有点红棕色的，然后要他们尽快把兔子带过来。"

"你要偷渡一只兔子进医院？要是总医生知道了，这都是你一个人的主意，我可不认识你。"

"我绝对不会供出你。现在可以把这件衬衫换下来了吗？我觉得它丑毙了。"

* * *

苏菲洗澡时，我在她床上昏睡，我已经累得没有力气回家。

她一小时后要当班，我则有十小时可以补眠。我们晚一点会在医院碰面，我今晚在急诊部轮值，她则在儿科病房，我们都要值班，却在两栋不同的大楼里。

醒来时，我看到厨房桌上有一盘奶酪和一张小字条。苏菲邀我有时间的话，在她当班时间去看她。在洗盘子时，我意外地在垃圾桶里发现了那件她帮我开门时身上穿的衬衫。

我午夜时抵达急诊部，行政总管告知今晚很平静，说不定我原本可以留在家里不用来，她边说边把我的名字写在见习医生值班表上。

没人可以解释，为什么某些夜里，急诊部会爆满痛苦的病人；而某些夜里，又平静得像什么事都不会发生。不过有鉴于我的疲惫，这样的待遇实在没什么好抱怨的了。

苏菲来医院餐饮部和我会合时，我已经头枕着双臂、鼻子贴着桌子，累趴在桌上睡着了。她用手肘推了推我，把我叫醒。

"你睡着了？"

"现在醒了。"我回答。

"小病人的那对乡下父母找到稀有的宝物啦——一只红棕色的小兔子，跟你要的完全一样。"

"他们人呢？"

"住在附近的一家旅馆里，他们在等我的指示。我是儿科病房的见习医生，不是兽医，你要是能清楚地告诉我下一步的计划，相信一定对我有很大帮助。"

"打电话给他们，要他们到急诊部来，我会过去接应。"

"凌晨三点的现在？"

"你可曾看过总医生凌晨三点还在走廊散步？"

苏菲从白袍口袋里翻出从不离身的小黑簿子，从中找寻旅馆的电话，我则朝急诊室的大门奔去。

小病人的父母看起来一脸惊魂未定，大半夜被人吵醒，又被要求带着兔子来医院，他们受到的惊吓不亚于苏菲。那只小哺乳动物被藏在男孩妈妈的大衣口袋里。我让他们进来，向行政总管声称在外省的叔叔和婶婶刚好来城里看我，她对我们选这么奇怪的时间进行家庭会面也没多加质疑，毕竟要吓到在医院急诊部工作的人，这点小事还不算什么。

我带着这对父母穿过走廊，小心翼翼地避开值班的护士。

在途中，我向小男孩的妈妈解释了我希望她待会儿要做的事。走到儿科病房的楼层时，苏菲已经在等我们。

"我请病房的护士帮我去餐饮部的自动售货机买杯茶，我不知道你想做什么，但要快点，她很快就会回来。我最多能给你们二十分钟时间。"苏菲宣告。

男孩妈妈单独和我走进儿子的病房。她坐在床边，抚摸他的额头唤醒他。小男孩睁开眼睛看着妈妈，像在做梦一样。我坐在床的另一端。

"我不想吵醒你，但我有样东西要给你看。"我对他说。

我告诉他，他们没有吃掉他的兔子，而且兔子没有死，它有了宝宝，这个小坏蛋离家出走是为了跟另一只母兔子再婚。有些爸爸就是会做出这种事。

"你爸爸在走廊上，大半夜孤零零地等在这扇门后，因为他爱你胜过全世界，就像他爱你妈妈一样。现在，你要是还不相信我，你看！"

男孩妈妈拿出口袋里的小兔子，放在儿子的床上，用手抓着它。男孩盯着这只小动物，他慢慢伸出手，摸摸它的头。妈妈把兔子交给他，关系就此建立。

"这只小兔子没有人照顾，它需要你，如果你没有好起来，它就会跟着衰弱下去。所以，你必须开始吃东西，才能有力气照顾它。"

我把妈妈留下来陪小男孩，再走到走廊，请爸爸进去加入他们。我衷心期盼我的计划会奏效。这个看起来一脸粗暴的男人突然一把将我抱住，紧紧拥着我。在那短短的瞬间，我多么希望变成那个找回爸爸的小男孩。

*　*　*

三天后，我一到医院，就在抽屉里发现一张字条，是主任的秘书留的——要我立刻到主任办公室去。这样的召见对我而言还是头一遭，我匆匆留了几个字给苏菲。值班护士在三〇二号病房的床上发现了兔毛，小男孩被一杯果汁和谷片收买，出卖了我们。

苏菲虽然向护士解释了一切，而且还以结果论来恳求护士对这帖见效的药方保持沉默。可惜的是有些人老爱墨守成规，没有偶尔打破规范的智慧。规则能让那些没有想象力的人安心，这实在很蠢！

反正我当年都已经能从雪佛太太周而复始的处罚中幸存下来，六年的学习生涯一共被处罚了六十二次，也就是每四周就有一个周六被罚，我在这家医院一周工作九十六小时，他们还能处罚我什么？

其实我根本不需要去办公室见费斯汀教授，这位大人物已经确认今天早上会带着两名助理来查房，而我恰好在跟随他查房的学生群里。当我们走进三〇二病房时，苏菲一脸惊恐。

费斯汀查阅了挂在床尾的病历，伴随着翻阅声的是一阵沉重的死寂。

"所以这就是今早突然恢复胃口的小男孩，真是可喜可贺的消息，不是吗？"他向大家说。

精神科医生急忙吹嘘多日来实行的疗程有多大的疗效。

"那你呢？"费斯汀转向我，"对于他突然痊愈，你没有任何解释吗？"

"一点儿都没有，教授。"我低头回答。

"你确定？"他坚持。

"我还没时间研究这名患者的病历，我一半以上的时间都待在急诊部……"

"那么我们得总结为，是精神科团队优异地执行了此次任务，并且把功劳都归于他们咯？"他打断我问道。

"我想不出任何反对的理由。"

费斯汀把病历挂回床尾，俯身靠向小男孩。苏菲和我交换了一个眼神，她气疯了。老教授摸摸男孩的头发："孩子，我很高兴你好多了，我们会渐进地让你恢复饮食；同时，如果一切OK，几天后我们就会拔除你手臂上的针头，让你出院回家。"

查房依例是一间病房接着一间病房，查到楼层尽头时，学生就会解散，各自回到负责的岗位。

费斯汀在我想开溜时叫住了我。

"过来一下，年轻人！"他对我说。

苏菲朝我们走来，介入我们之间。

"老师，我为所有发生的事负全责，都是我的错。"她说。

"我不想谈论你所指的错误，小姐，同时我建议你闭嘴。你应该还有工作要做吧，立刻从我面前消失！"

苏菲没等他说第二次，就抛下我孤单地面对教授。

"年轻人，规则，是用来让你们学会经验而不至于误杀死太多病人，而经验则是让你们拿来打破规则的。我不追究你究竟如何造就这个小奇迹，也不管你是从哪儿找出的蛛丝马迹。但如果有一天，你愿意释放最大的善意向我解释，我会很高兴，我只要求你给我重要的线索就好。不过不是今天，否则我就得处分你，而在我们这行，我属于结果论那一派。在这期间，你也该在实习医生国考时考虑小儿科。当我们很善于某件事时，浪费天分很可惜，真的很可惜。"

说完这些话，老教授没有跟我道别就转身离开了。

值班结束，我忧心忡忡地回家。整个白天和黑夜，我都感到一股沉甸甸的不安，但又无法找出这股不安所为何来。

*　*　*

地狱的一周，急诊部人满为患，我的上班时间习惯性延长为二十四小时。

星期六早上我跟苏菲见面，黑眼圈重到前所未有。

我们约在一个公园，在孩子让模型小人航行的水池前见面。

一到那里，她就交给我一只装满蛋、咸菜和罐头肉酱的篮子。

"拿着，"她对我说，"这是那家人送的。他们昨天把篮子放在医院给你，但你已经离开了，所以托我转交。"

"你保证这罐肉酱不是兔肉！"

"当然不是，是猪肉啦！蛋也都是新鲜的。你要是今晚来我家，我就煎蛋卷给你吃。"

"你的病人还好吗？"

"他一天比一天有起色，应该很快就可以康复了。"

我往后倒向椅子，把手枕在颈后，享受着阳光的温暖。

"你到底是怎么办到的？"苏菲问我，"三个心理医生用尽浑身解数想让他开口，而你才跟他在花园相处不到几分钟，就成功……"

我实在太累了，累得无法给出她会想听的合理解释。苏菲是个理性的人，但这正是她在跟我谈话的此刻，我最缺乏的东西。在我没来得及深思时，话语就从我口中溜了出来，仿佛一股力量推动着我，促使我大声说出我一直不敢承认（甚至包括对自己承认）的事。

"小男孩什么也没告诉我，是他的影子向我吐露了他的痛苦。"

突然间，我从苏菲眼中认出抱歉的眼神，妈妈曾在阁楼中对我投射的眼神。

她沉默了好一会儿，然后起身。

"不是学业阻止我俩建立真正的关系，"她说，双唇颤抖着，"时间只是个借口，真正的原因，在于你不够信任我。"

"也许这正是信任度的问题，否则的话，你应该相信我说的。"我回答。

苏菲走了。我顿了好几秒，直到听到内心一个小小的声音在呐喊着我是白痴。于是我狂奔，追在她身后，一把抓住她。

　　"我只是比较幸运，就这样。我问对了问题，我向他吐露自己的童年，问他是否失去过一个朋友，我让他谈论他的父母，从中引导出那只公兔的故事。总之，差别就在谈话的方式……这只是运气问题，我完全没有从中感受到光荣。你为什么要执着在这一点的重要性上，他正逐渐康复，这才是最重要的，不是吗？"

　　"我在这小子的床边陪了无数小时，从来没听到他发出一丝声音。而你，你竟然想让我相信，你在几分钟内就能成功地让他对你述说人生？"

　　我从未见过苏菲这么生气。

　　我将她拥入怀中，而我没有留意的是，这个动作让我的影子交叠上了她的。

　　"我根本没有天分，我什么都做不好，教授们不断向我重复这一点。我既不是爸爸梦想中的女儿（不，应该说不是他想要的'儿子'），又不够漂亮，身材太干瘪（或太胖，针对不同年龄层的标准而异），算是好学生但离优秀的标准很远……我从来不曾记得从爸爸口里听过一句赞美，在他眼中，我从头到脚没有一个地方是美好的。"

　　苏菲的影子喃喃向我诉说着秘密，让我觉得和她更亲密。我握住她的手。

"跟我来，我要和你分享一个秘密。"

苏菲任由我把她带到白杨树旁，我们双双躺在草地上。在摇曳的树影下，气温微微偏凉。

"我爸爸在一个周六早上离开家，那天我正从学校做完劳动服务回家，因为开学第一个星期就被老师处罚。爸爸在厨房等我，告诉我他要走了。整段童年里，我都在责备自己，因为我没有成为一个够好的儿子、一个让爸爸愿意为我留在家里的儿子，我花了无数个无眠的夜，搜肠刮肚找出所有我可能犯过的错，想从其中找出我究竟是哪里让爸爸失望。我不停告诉自己，如果我是个优秀的孩子、一个能让爸爸骄傲的孩子，或许他就不会离开我了。我知道他爱上我妈妈以外的女人，但我必须为他在家中缺席扛下责任，因为痛楚是对抗害怕遗忘他的脸孔的唯一方式，也是让我记得他存在过的唯一方式，更是让我觉得，我和班上的同学一样，知道自己曾经有过爸爸。"

"为什么你现在告诉我这一切？"

"你希望我们能互相信任，不是吗？这种一遇到情况失控就恐慌、一觉得失败就孤立自己的方式……我现在告诉你这些，是因为不是只有言语能让人听懂他人无法说出口的话。你的小病人极度孤独，再放任他日渐衰弱下去，他会变成自己的影子。正是他的悲伤，指引我走进他的心房。"

苏菲垂下目光。

"我跟我爸爸之间总是有些冲突。"她坦言。

我没有回答，苏菲抬起头看着我，我们沉默了片刻。我听着头上的莺啼，仿佛唱出对我的责备，怪我没有把该坦白的话说完，于是我鼓起勇气："我多么想跟我爸爸建立关系，即使会有冲突摩擦。然而不能因为一个要求过高的爸爸而不懂得何谓幸福，女儿就该和他走上同样的道路。等到有一天你爸爸病倒了，他就会懂得欣赏你这份职业的可贵。好了，你答应要在你家为我煎蛋卷的承诺还算数吗？"

*   *   *

苏菲的小病人没有出院。在他开始进食的五天后，并发症一一出现，我们被迫再度为他打点滴。一天夜里，他的小肠大量出血，急救团队用尽了一切方法，还是没办法挽救他的生命，最后是苏菲出面，向家属宣告了他死亡的消息。这个角色通常是由实习医生担任，但是当小男孩的父母走进三〇二病房时，她正孤零零地坐在空荡荡的病床旁。

得知消息时，我正在花园休息，苏菲走来找我。我完全找不到恰当的字眼安慰她，只好紧紧抱住她。费斯汀教授之前在医院走廊上不吝给我的建议，此时萦绕在我心头，面对无力救治的病患和无力安慰的对象，我恨不得敲开费斯汀教授办公室的门，请求他帮助我，但我什么都不能做。

跳房子的小女孩站在我们面前，她定定地看着我们，被我们的忧伤撼动。女孩妈妈走进花园，坐在一张长椅上呼唤她，小女孩走到妈妈跟前，看了我们最后一眼。她的妈妈在长椅上放了一个纸盒，小女孩打开缎带蝴蝶结，从中拿出一个巧克力面包，妈妈则拿了咖啡口味的闪电面包。

"这个周末别排班，"我对苏菲说，"我要带你远离这里。"

妈妈在火车站的月台上等我们。我尽全力安抚苏菲的不安，即使整段车程中，我不断重复要她不用担忧，但要见到我妈还是让她有些惊慌。她不停地整理头发，不是拉平上身的套头毛衣，就是抚平裙子的皱褶。这是我第一次看到她穿长裤以外的服装，这种女性化的装扮似乎让她不太自在，苏菲以往的打扮都比较男性化，也为她带来了安全感。

妈妈细腻地先向苏菲表达欢迎之意，才将我拥入怀中。我注意到她买了一辆小车，是一辆没花多少钱的二手车，但妈妈对它很有感情，还帮它取了个滑稽的小名。我妈就是爱随随便便为各种物品命名，我以前还曾经被她吓到过，因为有一天她一边小心翼翼地擦拭茶壶，一边对着它说话，最后把茶壶放回窗台时，不但祝它有愉快的一天，还把壶嘴转向外，让它欣赏风景。她竟然还常常说我想象力太丰富。

我们一回到家，上述那只赫赫有名的、为了纪念一位年迈阿姨而被命名为"马瑟琳"的茶壶，再度派上用场，一个淋上枫糖浆的苹果卡卡蛋糕已经等在客厅桌上。妈妈问了我们上千个问题，都是关于工作时间、烦恼及开心的事，而谈论我们在医院的生活也唤起了她当年工作的回忆。以前从未在晚上回家后跟我谈论工作的她，平实地描述着她的护士生涯，不过她总是对着苏菲诉说。

聊天当中，妈妈不断询问我们预计留到何时，而总算不再交叉双腿、挺直背脊的苏菲这时终于开口营救我，轮到她回答妈妈上千个连珠炮似的问题中的几个。

我利用这个空余时间，把行李扛到楼上去。就在我爬上楼梯的瞬间，妈妈叫住我，说她已经为苏菲准备好客房，并为我的床铺好了全套崭新的床单，然后她又加了一句，说不定那张床对现在的我而言会太小。我边笑边登上最后一级台阶。

天气很好，妈妈提议我们在她准备晚餐时，出外透透气。我带着苏菲探索这座童年的城市，不过也没什么东西可以介绍给她。

我们沿着我从前走过无数次的道路走下去，一切都没变，走过一棵梧桐树下，想起我曾在某个忧郁的白昼，用小刀在树皮上刻字。疤痕已愈合，而我当年骄傲地题下的句子，已被埋入深深的树木纹理中：伊丽莎白好丑。

苏菲要我聊聊童年，她是在城市长大的孩子，想到要向她坦承我们星期六的活动就是去超市，这念头实在让我高兴不起来。当她问到童年每天的活动，我推开一间面包店的门，向她说："进来，我让你见识见识。"

吕克的妈妈坐在柜台后方，一看到我，她滑下高脚椅，绕过收银台，冲进我的怀里。

是啊，我长高了。这是当然的啊，也该是长高的时候了。我气色不好？大概是因为两颊的胡子没刮干净吧！没错，我真的变瘦了。大城市啊，住在那里对健康不好。想想看，要是医学院的学生都病倒了，谁去照顾病人呢？

吕克妈妈高兴极了，拿了一大堆她认为我们可能会想吃的甜点给我们。然后她停止说话看着苏菲，向我抛来一个了然于心的微笑，一副苏菲很美、我很幸运的神情。

我问她吕克的近况。我的老友正在楼上睡觉，面包学徒的时间与医学院学生的时间同样少得可怜。她请我们在她去叫醒吕克时帮她看店。

"你应该还知道怎样接待客人！"她说，然后向我使了个眼色，消失在门后。

"我们究竟该做什么？"苏菲问。

我走到收银台后方："你要不要吃咖啡口味的闪电面包？"

吕克到了，头发乱得跟打过仗一样。他妈妈应该什么也没跟他说，因为他瞪大了眼睛盯着我。

我看出他比我老得多，同样气色不好，大概是因为脸颊上沾到的面粉。

从我离开后，我们就再没相见，而这长远的距离此刻横亘在我们之间，两个人都在找寻适当的字眼、任何适合在这个场合的句子。距离已经产生，必须有人先跨出第一步，即使我们同样腼腆。我向他伸出手，他对我展开双臂。

"浑蛋，你这么久都在哪里混啊？在我做出一个又一个巧克力面包时，你搞死了多少个病人啊？"

吕克脱下围裙，这下他爸爸可得独自应付面包了。

我们在苏菲的陪伴下慢慢散步。毫无所觉地，我们竟然默默走上当年友谊开始滋生的路途，在那里，我们的友谊曾经怒放，繁美如花。

学校铁栅栏门前，操场静静伫立。一株高大的七叶树树影下，我依稀瞥见一个笨拙的小男孩在扫落叶，老旧的长椅上已坐了人，我真希望能走进去，一路直直走到工具间去。

我将童年抛在这里，七叶树默默见证着，我曾使尽全力逃离童年。在八月中旬，每颗流星划过天际的瞬间，总是许下同样的心愿，我曾如此祈愿脱离这具过于狭窄的身躯，然而，为何在这个午后，我如此想念伊凡？

"我们曾在此做了许多荒唐事啊！"吕克用刻意开玩笑的口吻说，"你还记得我们有多好笑吧！"

"也没有每一天都这样吧？"我回他。

"是啊，是没有每一天都这样，但还是……"

苏菲轻咳，倒不是因为她不想再陪我们两个，而是想趁着太阳下山前的余晖，到花园走走的念头诱惑着她。她很确定能找得到路，反正只要直走就对了，而且，她也想趁机陪陪我妈妈，临走前，她如是说。

吕克等她走远，才吹了声口哨："你不无聊嘛，浑蛋，我多希望能和你一样，可以念书，还能骑骑旋转木马做做梦。"他说着，叹了口气。

"嘿，医学院可不是游乐场。"

"现实生活也不是啊，你知道的。总之，我们两个工作时都穿白袍，也算是有共同点吧！"

"你快乐吗？"我问他。

"我跟我爸一起工作，每天都这样也不容易，我学了一技之长，开始赚了点钱，还帮忙照顾我小妹，她长得可真快。面包店的时间蛮辛苦的，但我也没什么好抱怨了。是吧，我想我是快乐的。"

然而，昔日你眼中熠熠闪耀的光芒却仿佛快要熄灭。我感到你似乎在责怪我离开，怪我就此抛下你。

"我们一起过一夜，如何？"我提议。

"你妈妈已经好久没看到你了，还有你女朋友，你要把她晾在哪里？你们俩交往很久了吗？"

"我不知道。"我回答吕克。

"你不知道你从何时开始跟她约会？"

"苏菲和我的感情就像朋友一样。"我喃喃地说。

事实上，我真的没办法回溯我们第一次接吻应该算是什么时候。某天晚上，我值完班去跟她道别时，我们的嘴唇就这么滑过彼此，但我得记着问问她，是否她也认为这就算是我俩的初吻。还有一次是我们在公园散步时，我请她吃冰激凌，当我用手指为她拭去唇畔的巧克力时，她吻了我。或许我俩的友谊就是从那天脱轨的。不过，记得第一次真的有那么重要吗？

"你想跟她共筑未来吗？"吕克问，"我指的是比较严肃的东西。啊，不好意思，这个问题也许比较冒昧。"他立刻道歉。

"以我们没日没夜的时间来说，只要一周能共度两个晚上，就已经很了不起了。"我回他。

"当然，不过即使没日没夜，她还是挤出时间跟你共度周末，还跟你回这个穷乡僻壤来，这就代表了某种意义。你不该把她丢下跟你妈妈独处，而在这里跟老朋友闲话家常。我也希望能有个'真命天女'，但学校里的漂亮女孩都离开老家，逃得远远的。而且，谁会想跟一个晚上八点睡觉，半夜三更起床揉面团的人共度一生？"

"你妈妈还不是嫁给了面包师傅？"

"妈妈不停地告诉我时代变了，即使大家还是要吃面包。"

"今晚来我家，吕克，我们明天就走了，我希望……"

"不行，我凌晨三点就得开始工作，我得睡觉，否则我没办法做好工作。"

　　吕克，我的老友消失到哪儿去了？你把我们昔日的疯狂藏到哪儿去了？

　　"你放弃当市长的梦想了？"

　　"要搞政治，可得受过一点儿基本教育啊！"吕克嘲讽地回答。

　　我们的影子在人行道上拖得长长的。求学期间，我总是小心提防着不要偷走他的影子，即使在几次非自愿的情况下，这种罕见的情况曾经发生，但我都会立刻把影子还给他。从小一起长大的朋友，是神圣不可侵犯的。也许正是想到这一点，我刻意领先他一步之遥，因为太珍惜这个朋友，所以我不想听到任何他不想对我说出口的秘密。

　　吕克完全没看出端倪，虽然在我身前的影子已经不再是我的，但他又如何能相信？我们的影子现在看起来身形相当。

　　我在面包店门前与老友道别。他再次拥我入怀，告诉我他多么高兴能再见到我。我们真应该隔三差五互通电话的。

　　吕克坚持要送我一盒甜点带回家，他捶着我的肩膀说，这是为了让我回忆昔日的美好时光。

* * *

晚餐中，妈妈和苏菲主导谈话内容。妈妈个性谨慎，她问苏菲的问题都与我的生活有关。苏菲则问她我是个怎样的孩子。别人在你面前谈论关于你的话题，真的让人很不自在，尤其两个主角还装作一副忽视你就在她们身边的样子。妈妈直说我是个安静的小男孩，但她略过我曾在童年经历了那么多事情。她稍稍停顿了一下，宣称我从未让她失望过。

我喜欢看着围绕妈妈嘴角与眼周的细纹，我知道她很讨厌它们，但这些细纹却让我觉得心安，我从她脸上读到我们相依为命的痕迹。回到这里，或许我想念的并不是我的童年，而是妈妈、我们相依的时光、星期六午后的超市生活、一起分享的晚餐、偶尔相对无言却更能感受彼此的亲密，很多夜里她都到我房间陪我，她会靠在我身旁，把手滑进我的发中……光阴转瞬即逝，这些最单纯的瞬间，却隽永地牢牢铭刻在我们心底。

苏菲向妈妈谈起她无力救回的小男孩，谈起全心付出后，却必须面临挫败时，抵御悲伤的艰难。妈妈则响应她，面对孩子，要放弃急救得承受更大的痛苦，有些医生或许调整得比较快，但她认为，对每一位医生而言，失去一名病人的痛苦是一样的。我也曾自问过，我选择读医科，会不会只是期望着有一天能治愈妈妈人生中的大小伤痛。

晚餐过后，妈妈悄然退席，我带着苏菲走向屋后的花园。夜色温柔，苏菲把头靠在我的肩上，谢谢我将她带离医院几小时。我则为妈妈的唠叨向她致歉，抱歉没能带她度过一个亲密的周末。

"你还能找到比这里更能让我们亲近的地方吗？我跟你谈了上百次我的事，每次都是你听我说，你却什么都不告诉我。今晚，我感觉到好像稍稍弥补了一些落差。"

月亮升起，苏菲提醒我今晚是满月。我抬起头看着屋顶，石棉瓦在月光下闪闪发亮。

"走，"我对她说，牵起她的手，"别发出声响，悄悄跟我走。"

到达阁楼，我请苏菲蹲低身子，好从屋顶下钻进去。并肩坐在天窗下时，我吻了她。我们在上面待了很久，聆听着包围我们的静默。

睡意席卷苏菲，她和我道了晚安。在合上阁楼的掀门时，她对我说，如果我的床太小，我可以到她房里和她共枕。

*　*　*

屋里再也没有声响。我打开一个纸盒，在挖掘童年珍宝之际，我突然有种奇怪的错觉，仿佛我的手缩小了，仿佛一个被我抛弃已久的宇宙又在我周遭重组。几道月光掠过木地板，我恍然起身，头却撞上一根梁柱，跌回现实。然而，在我身前却出现了一抹影子，影子渐渐拖长，细微得犹如一抹笔迹，它爬上行李箱，我几乎以为它就坐在那里。它看着我，挑衅地等着我先开口。我也僵持着。

"你终于还是回来了，"影子对我说，"我很高兴你在这里，我们都在等你。"

"你们在等我？"

"这是当然的，我们知道你迟早会回来。"

"我到昨天都还不知道我今晚会出现在这里。"

"你以为你出现在这里是偶然吗？那个玩跳房子的小女孩是我们的密使，我们需要你。"

"你是谁？"

"我是班代表，即使这个班已经四散，我们还是持续关注着你，影子老去的方式和人不同。"

"你们对我有什么期待？"

"他曾帮你从马格的魔爪下逃离了多少次？你记不记得他如何用大量的笑话、大量的欢乐来填补你的孤寂时刻；还有他陪你从学校走回家的午后时光，你们一起共度的美好时光？他曾是你最好的朋友，不是吗？"

"你干吗跟我讲这些？"

"有天晚上，在这阁楼里，你看着我送你的照片问着：'这些爱都消失到哪里去了？'现在，换我问你同样的问题，你为这份友谊付出了什么？"

"你是吕克的影子？"

"你跟我以'你'相称，不就表示你知道我是谁的影子吗？"

月亮朝天窗右边偏移，影子从行李箱上悄悄滑向木地板，身形越来越纤细。

"等一下，先别走，我该做什么？"

"帮助他改变人生，带着他跟你一起走。要记得，过去你们两个人中，想要当医生的人是他。一切还来得及，当我们喜爱某样事物时永远都不会嫌晚，帮助他成为他应该成为的人。你一向最懂他的。很抱歉我得告辞了，但时间稍纵即逝，我也没有选择。再见。"

从小一起长大的朋友，是神圣不可侵犯的。因为太珍惜这个朋友，所以我不想听到任何他不愿对我说出口的秘密。

月亮已经完全偏离天窗，影子在两个纸箱之间隐去。

我关上阁楼的掀门，走到苏菲房里。我滑进她的床，她偎向我再度沉沉睡去。我在黑暗中睁着眼睛躺了许久。雨开始落下，我听着雨滴敲在石棉瓦上的滴答声，和野蔷薇围篱里传来的树叶沙沙声，这幢屋子夜里的每一种声响，都让我觉得如此熟悉。

＊　　＊　　＊

苏菲醒来时应该已经九点，几个月来我和她都不曾睡过这么久。

我们下楼到厨房，一个惊喜正等着我们：吕克和妈妈坐在餐桌前聊天。

"通常这个时间我已经睡了，但我不能还没道别，就让你们离开。拿着，我帮你们带了些小东西，我今天一早想着你们时，特地烘焙了一炉特制面包。"

吕克递给我们一个装满羊角面包和牛奶面包的竹篮，面包都还是温热的。

"如何？"他亲切地问，边看着苏菲享用。

　　"嗯——这是我吃过的最好吃的牛奶面包，我从来没吃过这么好吃的。"她回答。

　　妈妈抱歉地说要先告退，她还有花园的园艺要处理。

　　苏菲又抓了一个羊角面包。我从吕克的眼中看出，我女朋友的好胃口为他带来很大的满足感。

　　"我的兄弟是个好医生吗？"他问苏菲。

　　"他不算是脾气超好的医生，不过，他以后一定会是个好医生。"她说，嘴巴吃得鼓鼓的。

　　吕克想知道我们在医院的生活，他要全盘了解。当苏菲告诉他我们每天的例行公事时，我看得出来他有多向往这样的生活。

　　接着换苏菲问他我们昔日的荒唐事迹，那些学校铁栅栏后的童年往事。吕克不顾我向他抛去的眼神，径自向苏菲谈起我碰上马格的悲惨遭遇、更衣室的柜子情节、他如何帮助我每年赢得班长选举，甚至连工具间的火灾事故都讲了。在高谈阔论之间，吕克的笑声又变回当年的他，如此率真，如此有感染力。

　　"你们几点离开？"他探问。

　　苏菲午夜当班，我则是次日早上，我们坐中午过后的火车回去。吕克打着哈欠，努力对抗疲倦。苏菲上楼收拾行李，只剩下我们两个人。

"你还会回来吗？"吕克问我。

"当然。"我回答。

"试着挑星期一回来，如果你可以的话。面包店星期二休息，你还记得吗？这样我们就能一起共度一个真正的夜晚，我会很开心。我们这次相处的时间不多，我希望你继续跟我聊一些你在那边的事情。"

"吕克，你为什么不跟我一起走？为什么不去试试机会？你以前一直梦想要读医学院。在申请到奖学金前，我可以帮你在医院找份担架员的工作糊口。你也不用担心房租的问题，我租的套房虽然不大，但我们可以一起住。"

"你要我现在重拾学业？你要向我提议也该早在五年前啊，老兄！"

"就算你比同届的晚了一点儿，又有什么关系呢？你看过有人去看病时会问医生的年龄吗？"

"我会跟比我年纪小很多的人同班，我可不想成为班上的马格。"

"那就想想所有会拜倒在你成熟魅力之下的伊丽莎白吧！"

"那是当然，"吕克一脸陶醉地回应，"从这个角度来看的话……喂，不要再让我做梦了。这样幻想几分钟，我会觉得很棒，但等到你搭上火车走了，我会更难过。"

"你到底在犹豫什么？想想看，这可是攸关你的人生啊！"

"还攸关我爸、我妈和我妹的人生，他们都需要我。一辆只有三个轮子的车子，就注定会摔进沟里翻车。你没办法体会什么是一个家庭。"

吕克低下头，把鼻子埋进咖啡碗里。

"对不起，"他说，"我不是有意这样说。兄弟，事实是，我爸不会让我离开，他需要我，我是他老来的依靠，他指望我在他老到没办法在夜里起床时，接手面包店。"

"二十年后，吕克！你爸要二十年后才会那么老，而且还有你妹妹，不是吗？"

吕克爆出一阵大笑。

"哈哈，我还真想看到我爸教会她做面包，是她指挥我爸还差不多。他从不对我让步，我妹却能把他耍得团团转。"

吕克起身，朝门口走去。

"你知道的，我真的很开心再看到你，下次回来不要再让我等这么久。总之，即使你某天成为大教授，即使你住在大城市高级地段的豪宅里，你的家，永远都在这里。"

　　吕克给我一个大拥抱，准备离开。当他走到门口时，我叫住他："你几点开始工作？"

　　"你问这个干吗？"

　　"我也在夜间工作，如果我知道你的工作时间，那我在急诊时，就不会觉得孤单。我只要看着时钟，就能想象当下你在做什么。"

　　吕克用一种荒谬的神情看着我。

　　"你问过我，我们在医院里做些什么；该换你告诉我，你在烘焙房里的生活了。"

　　"凌晨三点开始，我们制作主面团，要把面粉、水、盐和酵母充分和匀，面团才会发得好。第一次揉匀后，要让面团发酵，使酵母在面团里产生作用。凌晨四点左右，在等待面团膨胀的静置期间，我们可以休息一下，天气暖和的话，我会打开正对面包店后面小巷的门，在门口搁上两张椅子，爸爸和我就能坐着喝杯咖啡。通常这时我们不太交谈，我爸总借口说不可以制造噪声，要让面团休息，但主要是他要休息，现在的他很需要这片刻的小憩。喝完咖啡，我会让他坐在椅子上，背靠着石墙睡一会儿。我则进屋去把碎屑打扫干净，再把放面包的麻布铺好。

　　"爸爸进来时，我们会准备做二次发酵。我们把面团切成等份，加工塑形，用小刀片轻刮每个面包，让它们看起来有漂亮的裂痕，最后就放进烤炉。

　　"每个夜里，我们重复同样的动作，每一次都有不同的挑战，结果从不相同。天气冷时，面团要花较多的时间才能发酵，必须再加入热水和酵母菌；天气热时要加入冰水，否则面团会干得太快。每个步骤都一定要全神贯注，才能做出好的面包，不论外面天气如何。面包师傅讨厌下雨，这会让工作的时间延长。

　　"六点钟，早上第一炉面包出炉，我们等面包稍稍冷却，就送到面包店。大致流程就是这样。不过啊，兄弟，你要是以为光靠我跟你说的这些，就能当上一名面包师傅，那你就大错特错啦！记住，这就像我没办法凭着你描述的医院生活，就能当上一名医生一样。好了，我真的得去睡了，帮我吻别你妈，尤其是你的女朋友。她看着你的神情真的美呆了。你很幸运，我真心为你高兴。"

　　吕克离开以后，我走到花园里找妈妈，她正蹲在玫瑰花丛前，之前的雨把花儿打得东倒西歪，她正小心翼翼地把它们扶正。

"我的膝盖好痛啊！"她边站起来边呻吟，"你的气色比昨天好多了，你真该多待几天，好好恢复精力。"

我没回答，只顾看着你对我微笑的眼睛。你可知道，我多么希望你能像小时候要向学校请假那样，帮我出具一份请假证明，就如你从前能原谅我所有的一切，包括缺席。

"你们两个很相配。"妈妈挽着我的手对我说。

因为我一直没接话，她就继续自言自语。

"否则你昨晚也不可能带她去你的阁楼。你知道吗，我听得到屋子里的所有声音，我向来都听得到。你离家以后，我有时会爬上去。很想你的时候，我会推开阁楼的掀门，坐在天窗前。不知道为什么，待在那上面，我会觉得你离我更近，仿佛透过窗户看出去，我就能感受到在远方的你。我已经很久没有上去了，就像我刚才跟你说的，我的膝盖很痛，而要在那些杂物堆中前进，得手脚并用爬行。哎哟，别摆出那种表情，我保证，我从来没有打开过你的纸盒。你妈妈有很多缺点，但可不是个冒失的人。"

"我没有责怪你。"我对她说。

妈妈用手抚摸着我的脸："要对自己诚实，尤其是对她；如果你感受到的不是爱情，就别让人家有期待，她是个好女孩。"

"干吗跟我说这个？"

"因为你是我儿子，而我了解你就像从前一样。"

妈妈要我去找苏菲，她则继续修剪玫瑰。我上楼走到房里，苏菲支着肘倚在窗边，眼神空洞。

"如果我让你一个人回去，你会不会怪我？"

苏菲转过身。

"课堂的话，我可以帮你抄笔记，不过你星期一晚上要值班，我没记错吧？"

"没错，这就是我要请你帮的第二个忙。能不能请你跟上司说我生病了，不严重，只是咽峡炎，但我想休养以免传染给病人。我只需要二十四小时的时间。"

"我不会怪你，你很少看到你妈妈，多陪她一晚她一定很开心。而且我自己坐车回去，就有更多时间可以帮你想一个更有说服力的理由。"

妈妈很开心我比预期中晚一点儿回去。我向她借了车，送苏菲去火车站。

苏菲在我脸上亲了一下，登上车厢前又给了我一个调皮的微笑。火车车窗是封闭式的，我们没办法像从前那样，透过开放的车窗大声道别。列车启动，苏菲向我做了个手势，我在月台上一直待到最后一节车厢的车灯在眼前消失。

　　"发生什么事了？"我一回到家，妈妈就忧心忡忡地问我。

　　"没事，你在担心什么？"

　　"你把回程时间往后延，又抛下女朋友，难道只为了多陪妈妈一晚？"

　　我坐到妈妈身边，和她一起在餐桌前坐下，握住她的手。

　　"我想你。"我对她说，在她额头轻轻一吻。

　　"好吧，我希望你晚点会愿意告诉我你在忙些什么。"

　　我们在客厅吃晚餐，妈妈准备了我最爱吃的菜——火腿贝壳面，就像从前一样。她坐在我旁边的沙发上，看着我大快朵颐，却完全没动餐具。

　　我正准备收拾餐桌时，妈妈握住我的手阻止我，说碗盘可以晚点再洗，她问我愿不愿意邀请她到我的阁楼去。我陪她走到顶楼，爬上梯子，推开阁楼的掀门，然后我们一起在正对天窗的位子坐下。

　　我犹豫了片刻，才开口问出长久以来一直哽在喉咙、不吐不快的问题："你从来没有爸爸的消息吗？"

　　妈妈皱了皱眉。我从她眼中再度看到护士的眼神——那种她要看穿我是否隐瞒了某些事，或是要看透我是否只为了逃避历史课或数学课的小考，而推托说生病了时的眼神。

"你还常想着他吗？"她问我。

"每当急诊部出现大约是他岁数的男人，我总会担忧，我害怕那可能是他。而我每次都会自问，如果他没有认出我，我会怎么做。"

"他一定马上就会认出你。"

"那他为何从不来看我？"

"我花了很长的时间才原谅他，也许太久了。这让我当初脱口说了一些让我后悔的话，但那是因为我还爱着他。我从未停止爱着你爸爸。当爱恨交织时，人会做出可怕的事情，一些过后会自责不已的事情。我最不能忍受的不是他离开了我，我最终接受我得为此负上部分责任。但最让我绝望的，是想到他在另一个女人身边会过得幸福。我曾如此怨恨你爸爸，因为我爱他如此之深。我必须向你坦白，我知道跟你说这些，会让你觉得妈妈是个过时的女人，但他是我唯一交往过的男人。如果我现在再遇到他，我会谢谢他送给我世上最宝贵的礼物，那就是你。"

这段话，不是妈妈的影子告诉我的秘密，而是她的心里话。

　　我把她拥向我，告诉她我爱她。

　　生命中某些珍贵的片刻，其实都来自一些微不足道的事。如果我今晚没有留下来，我想我永远不会与母亲有此番深谈。与母亲一起离开阁楼后，我最后一次踱回天窗底下，默默感谢我的影子。

＊　　＊　　＊

　　我事先调好了凌晨三点的闹钟，起床着装完毕后，蹑手蹑脚地离开家，走上通往学校的道路。这个时刻，整个城市如同一片荒漠。面包店的铁窗遮住了橱窗，我走过去，悄悄转进相邻的小巷。微光中，五十米外，一扇小木门静静挺立，我盯着，等了很长一段时间。

　　四点钟，吕克和他爸爸从烘焙房走出来，正如他向我描述的，我看到他倚墙放了两把椅子，他爸爸坐在前面，吕克帮他倒了杯咖啡，然后两个人就待在那里，一言不发。吕克爸爸喝完咖啡，把杯子放在地上，就闭上了眼睛。吕克看着他，叹了口气，捡起爸爸的杯子，走回烘焙房去。这正是我等待的时刻，我鼓足勇气，向前走去。

　　吕克是我一起长大的朋友，是我最好的密友，然而奇怪的是，我几乎不认识他爸爸。每次我去他家，我们都得轻手轻脚不发出声响，这个夜里醒来、下午沉睡的男人让我害怕，我想象他如鬼魅一般，只要我们从功课上分心抬起头，他就会在我们头上飘来飘去。这位面包师傅我从来不曾好好认识过，我却得将我课业上一部分的勤勉——让我得以逃过几次雪佛太太精心分配的处罚——归功于他；没有对他的恐惧，我无法准时交出那么多的作业。今夜，我终于要与他面对面，头一件要做的事就是叫醒他，并且自我介绍。

　　我担心他会吓得跳起来，引起吕克的注意，于是敲了敲他的肩膀。

　　他微眯着眼睛，看起来没有太过惊吓。而最让我惊讶的是，他对我说："你是吕克的哥们儿，不是吗？我认得你，你苍老了一点点，不过没变多少。你的好朋友在里面，你可以去跟他打个招呼，不过我希望不要太久，工作还多得很。"

　　我向他坦承我不是来找吕克的。面包师傅盯了我好一会儿，然后起身，向我比了个手势，要我到较远的巷子等他。透过微敞的烘焙房木门，他大声向儿子说他得去活动活动双腿。接着，他就来和我会合。

　　我们走到巷子另一头，吕克爸爸没有打断地听我把话说完后，用力握了握我的手，对我说："你现在可以滚了！"

　　然后他头也不回地离开。

　　我垂头丧气地回家，气愤自己把受托付的任务搞砸了，这还是头一遭。

　　　　　　　　　　*　　*　　*

　　回到家，我小心翼翼地在不发出声响的情况下旋开锁孔。功亏一篑，灯光亮起，妈妈身着睡衣，站在厨房门口。

　　"其实，"她对我说，"以你这个年纪，已经不需要偷偷摸摸翻墙出门了。"

　　"我只是随便走走，我睡不着。"

　　"莫非你以为我没听到你稍早的闹钟声？"

　　妈妈打开煤气阀，在炉上烧开水。

　　"现在再回床上睡太晚了，"她说，"坐下吧，我帮你煮杯咖啡，你得告诉我为什么多留一夜，尤其要谈谈你在这个时间，到外面做了什么。"

我在桌前坐下，向她述说了与吕克爸爸的会面。

当我说完了我失利的出征经过后，妈妈把双手放在我的肩上，定定地望着我的眼睛。

"你不能这样干涉别人的人生，就算是为了对方好。如果吕克知道你去见了他爸爸，说不定会怪你。这是他的人生，而只有他一个人能决定他的人生。你必须顺应事实，放手成长，你没有必要医治好在成长路上与你擦肩而过的每个人，即使你成为最顶尖的医生，也做不到这样。"

"那你呢？这不是你终其一生所努力的吗？你每天晚上疲惫不堪地回家，不就是为了这个原因吗？"

"亲爱的，"她边说边起身，"我想你遗传了你妈妈的天真和你爸爸的固执。"

* * *

我搭早晨第一班火车，妈妈送我去车站。在月台上，我向她保证很快就回来看她。她笑了。

"你小的时候，每晚我帮你关灯时，你都会问我：'妈妈，明天什么时候才会来？'我回答你：'不久后。'每次合上你的房门，我都确信这个答案并没有说服你。到了如今这个年纪，我们的角色互换了。好了，'不久后见。'我的小心肝，好好照顾自己。"

　　我登上车厢，从车窗中看着妈妈的身影随距离淡去，火车已走远。

偷 影 子 的 人

Le voleur d'ombres

苏菲的伤

我只是你生活里的一个影子，

你却在我的生命里占有重要地位。

如果我只是个单纯的过客，

为何要让我闯入你的生活？

我千百次想过要离开你，

但仅凭一己之力我做不到。

从家里回来十天后，我收到妈妈的第一封信，就像她以往的每一封信一样，她询问我的近况，期盼很快收到我的回音。通常我会在回来好几周后，才有动力提笔满足妈妈的期望。成长中的子女出于一种近乎纯然的私心，对父母总是不太热络。我对此感到分外歉疚，于是把妈妈所有的信收进一个盒子里，摆在书柜的层板上，代表我的心意。

苏菲和我自忙里偷闲回来后，几乎没有见面，更没有一起过夜。在我童年家中小住期间，有一条隐形的线横亘在我俩之间，不论她或我，都无力成功跨越。不过当我执笔写信给妈妈时，我还是在文末写上苏菲向她献上亲吻作为问候。编造这个谎言的次日，我在苏菲值班时去找她，向她坦承我想念她。次日，她接受我的邀约一起去看电影，但散场后，她选择独自回家。

一个月来，苏菲任由一名小儿科实习医生追求，并决定为我俩暧昧不明的关系（或许应该说是为"我"不确定的态度）画上休止符。得知有别的男人威胁着要夺取不确定是否属于我的所有物，让我十分恼火，我铆足全力要赢回她。于是，两星期过后，我俩的身躯裹在我的床单里，我已赶走了入侵者，生活重新回到轨道，笑容也重回我的脸上。

九月初，经过长时间的值班后回到家，我在楼梯间发现了一个天大的惊喜。

吕克坐在一个小手提箱上，神色不安却又一脸喜悦。

"我等了你好久，浑蛋！"他边说边站起来，"我希望你家有东西可以吃，因为我快饿死了。"

"你怎么会在这里？"我问他，一边打开套房的门。

"我老爸把我赶出来了！"

吕克脱下外套，跌入室内唯一的一把扶手椅上。我为他开了一罐鲔鱼罐头，并在行李箱上铺上餐巾和餐具，权充矮桌，吕克则热烈地述说经过。

"我不知道我家老头怎么了。你知道吗，你离开的那天凌晨，在面团膨胀的静置期过后，我很惊讶他竟然没有回到烘焙房。我以为他睡着了，甚至还有点担心跟你说了全部实情。没想到当我打开正对小巷的门时，他正坐在椅子上哭泣，我问他发生了什么事，他不想回答，只喃喃说着是因为疲惫所致，还要我忘记刚刚看到的景象，并且什么都别跟我妈说。我答应了他。但从那天开始，他就变了；通常，他在工作时对我很严厉，我知道这是他要教我学好这份工作的方式，我不怪他，并且我知道爷爷当年也没让他轻松过。但从那天之后，他就对我越来越好，近乎慈爱；当我为面包塑形却失误时，他竟然没有斥责我，而是走到我身边，重新示范给我看，并且每次都对我说'没关系'，还说他也曾失误过。我向你发誓我完全一头雾水。有天晚上，他甚至把我拥入怀中，我差点以为他疯了，而我之所以完全不能置信的原因是，他前一天才像辞退一个学徒般解雇了我：清晨六点，他盯着我的眼睛，跟我说我之所以如此笨拙，是因为我不是当面包师傅的料，与其浪费我的时间和他的时间，我更应该到城里试试机会。他还说我过去只有这条路可选，是因为在当时，这是大家以为幸福的方式，他对我说出这些话时，还一副生气的样子。午餐时，他向我妈宣布我将离开家，而他当天下午要关店。晚上在餐桌上，没人开口说一句话，妈妈哭个不停。最后下了餐桌，她还是泪眼汪汪，我每走进厨房一次，她就走过来抱住我，还悄声说她已经很久不曾如此快乐。我妈妈竟然因为我爸把我扫地出门喜极而泣……我跟你保证，我爸妈一定是疯了！我看了日历三次，确定当天不是四月一日愚人节。

"早上，我爸到我房间找我，要我换好衣服。我们坐上他的车，车子开了八小时。八小时不曾交谈，除了中午他问我饿不饿以外。我们傍晚抵达，他把我放在这栋建筑物门口，告诉我你就住在这里。他到底是怎么知道的？不过我也管不了那么多！他下了车，从后备厢拿出我的箱子，放在我脚下，然后交给我一个信封，跟我说这虽然只是一点小数目，但已经是他能给我的极限，有了这点钱，我应该可以撑一段时间。然后他就坐回驾驶座，开车离去。"

"没再跟你多说别的？"我问。

"有啦，就在发动车子前，他向我宣告：'你要是发现你当医生跟当面包师傅一样蹩脚，那就回家来，这一次，我会好好把手艺传给你。'你能从中理解到什么吗？"

我开了我唯一的一瓶酒——这是苏菲送我的礼物，不过我们没有在她送我的当晚喝掉——倒了两大杯。干杯之际，我向吕克宣称：不，我完全没有从他爸爸的话中理解到任何事情。

*   *   *

我帮好友填写完所有注册医学院一年级的必要表格，我陪着他到行政办公室，在那里，他贡献了他爸爸给他的一大部分资助金。

课程从十月开始，我们会一起去上课，当然不是肩并肩坐在同一个教室，但我们可以时不时在院区的小花园相见。纵然没有七叶树也没有篮球架，但我们会很快地重塑属于我们的下课时光。

我们头一次在小花园相聚时，我向他的影子道谢。

*   *   *

吕克住在我家，我们的同居生活再容易不过，因为我们的时间完全相反。他在我值夜班时独享我的床铺，在我返家时出去上课。少数几次我们共居在套房时，他就把被子铺在窗边，把毯子卷成球状当枕头，然后像只睡鼠般蜷曲着睡。

十一月，他向我坦承迷恋上一名常常一起复习功课的女同学。安娜贝拉比他小五岁，但他发誓她比同龄的女生更有女人味。

　　十二月初，吕克请我帮他一个大忙。于是当天晚上，我敲了苏菲的门，她在床上迎接我。吕克和安娜贝拉的关系把我向苏菲推近，我越来越常在她家过夜，安娜贝拉则越来越常在我家过夜。每个星期日晚上，吕克会在我的套房里重启炉灶款待我们，让我们享用他的糕点手艺，我已经数不清我们吃掉了多少咸派和馅饼。晚餐最后，苏菲和我会让吕克和安娜贝拉亲密地"温习功课"。

＊　＊　＊

　　我从入夏以来就没有再见到妈妈。她取消了秋季的探访行程，因为她觉得很累不想旅途奔波。她在来信中向我写道，房子就像她一样，都老了，她开始重新粉刷，而挥发剂的味道让她颇为不适。在电话中，她一再向我保证，要我完全不用担心，一直说休息几个星期就会没事。她还要我承诺圣诞节会回去看她，而圣诞节已经近在眼前。

　　我早就买好了送她的礼物，取了预订的火车票，并且协调好十二月二十四日当天不值班。然而一名公交车司机和地面上的薄冰毁了我的计划。根据目击者表示，因为失控打滑，巴士先撞上护栏，然后侧翻倒地，车内四十八名乘客受伤，十六名乘客被抛到人行道上。当我的呼叫器在床头柜上响起时，我正在准备行李。我致电医院，所有见习医生都被动员了。

急诊部的大厅陷入一团混乱，护士忙得不可开交，所有的急诊检查间都被占满，四面八方都有人跑来跑去。伤势最严重的伤员等着被轮流推进手术室，伤势较轻的则得在走廊的担架上耐心等候。身为担架员，吕克在不断抵达的救护车及调度室间穿梭，这是我们第一次一起工作。他脸色苍白，每次他从我面前经过，我都小心地注意着他。

当消防队员交给他一名胫骨和腓骨都从小腿肚上垂直叉出的男人时，我看到他转向我，脸色发青，慢慢滑向自动门，然后瘫倒在棋盘状的地砖上。我冲过去扶起他，把他安置在观察室的椅子上，让他慢慢恢复神志。

这场风暴持续了大半夜，到了清晨，急诊室就像大战过后数小时的军医院，满地都是血污和纱布。一切归于平静后，急诊团队忙着让一切回到正轨。

吕克还坐在我先前安置他的椅子上。我走到他身边坐下，他把头埋进双膝间，我强迫他抬起头看着我。

"都结束了，"我对他说，"你刚刚从水深火热的最初体验中活了过来，而且和你想的不同，你算是挺过来了。"

吕克叹了口气，他环顾四周，又冲到外面去大吐特吐。我紧跟着他，以便随时给他支持。

"你刚刚说我'算是挺过来了'是什么意思？"他背倚着墙问我。

"这是个该死的恐怖圣诞夜，我向你保证你表现得很好。"

"你要说的是，我表现得像个废物吧！我先前不但昏倒了，刚刚还吐了。对一个医学院的学生而言，我想这大概是最好的噱头了吧！"

"我告诉你，第一天进解剖室我就昏倒了，这样你应该安心了吧！"

"谢谢你的预告，我的第一堂解剖课在下星期一。"

"你看着吧，一切都会顺利度过的。"

吕克投给我的眼神灼热。

"不，什么都不对劲，我过去捏的是面团，不是活生生的血肉；我过去割开的是面包，不是沾满血的衬衫和长裤，尤其我从没听过奶油面包濒临死亡时的悲鸣，即使我往它头上扎上一刀。老友啊，我真的在自问是否适合这一行。"

　　"吕克，大部分医学院的学生都会遇到同样的疑惑，你会随着时间而渐渐习惯的，你无法想象照顾好一个病人会带来多大的满足感。"

　　"我以前就用巧克力面包来照顾好许多人，而且我向你保证，这招每次都会见效。"吕克边回答边脱下白袍。

　　当天稍晚的时候，我在家里遇到他。他一直生着闷气，把手提袋里的东西清空，把衣物放回他专用的五斗柜抽屉去。

　　"这是我小妹第一次过没有我陪在身边的圣诞节，我该怎样在电话里向她解释我的缺席？"

　　"实话实说，老友，告诉她你这一夜是怎么度过的。"

　　"对我十一岁的妹妹？你难道就没别的提议了吗？"

　　"你贡献了圣诞夜用于救助不幸的人，你认为你的家人还能责怪你什么？而且，你原本说不定会搭上这班失事的巴士，就别再抱怨了吧！"

　　"我原本说不定已经在家了！我受够了这里，受够了这座城市，受够了阶梯大教室，受够了这些得夜以继日生吞活剥的教科书。"

　　"也许你该告诉我究竟哪里出了问题。"我问吕克。

　　"安娜贝拉，这就是问题所在。我过去总梦想着跟一个女人来段风流韵事，你没办法想象我有多渴望，每次我爸叫我回神，都是因为我在神游太虚，幻想着某个女生。好了，现在事情发生了，我却只有一个渴望——恢复单身。我甚至会怪你不肯好好投入、维系跟苏菲的感情。我第一次看到她是在你妈妈家，我还跟自己说，这真是一朵鲜花插在牛粪上。"

"谢谢你。"

"我很抱歉，但我看得很清楚，你根本不在乎她，一个这么好的女孩子，实在太过分了。"

"你是在暗示我你爱上了苏菲？"

"别傻了，如果真是这样，我才不会用暗示的。我只是要告诉你，我越来越搞不清楚了，我厌倦了安娜贝拉，她一点儿也不风趣，还自视甚高，自以为高我一等，只因为我是在乡下长大的。"

"发生了什么事让你有这样的感受？"

"她回家跟家人过节。我原本向她提议过去找她，但我深深感觉到，她并不想把我介绍给她的父母。我们不是同一个世界的人。"

"你不觉得你有点夸张了吗？她也许是害怕事情就此被认定下来呢？把某个人介绍给家人，这可不是件小事，毕竟这象征了某种意义，在一段关系中算是一大进展。"

"你带苏菲去见你妈时，就考虑到了这一切？"

我默默地看着吕克。不，我当时是自发地向苏菲提议和我一起回家，我并没有想到这一切，而我现在才想到她当时应该从中得出的推论。我的自私和愚蠢解释了入秋以来她对我保持的距离，而我却完全没有向她提议共度圣诞。我们友情般的爱情已经退色，我却是唯一没有察觉到的人。我丢下吕克与他的闷闷不乐，着急地冲向电话打给苏菲。没有人接。莫非她是看到我的来电号码，而不愿意接起电话？

我打给妈妈，为我的失约道歉。她要我别担心，她完全能体谅。她向我保证我们交换礼物的仪式可以延后举行，她会尽力把春季的旅行提前，二月就来看我。

*　　*　　*

元旦当晚是我值班，我本来想用这一夜换取圣诞夜的空闲，却没想到吃了闷亏。吕克已经跳上回家的火车，要和家人会合，而我一直没有苏菲的消息。我坐在急诊部大门旁的椅子上，等着第一批寻欢作乐之徒在狂欢过后来我这里报到。这一夜，我有了一番奇遇。

老妇人在晚上十一点由消防队员送来急诊，她躺在担架上，愉悦的神情让我很惊讶。

"什么事让您心情这么好？"我问她，一边测量她的血压。

"很难解释，你没办法理解。"她冷笑着回答我。

"给我个机会试试看嘛！"

"我保证，你一定会以为我疯了。"

老妇人从担架上坐起身来，仔细看着我。

"我认得你！"她大叫。

"您应该认错人了。"我对她说，同时思考着必须帮她做进一步扫描。

"你呀，你正自忖我是个老糊涂，还想着是不是该帮我做个检查。然而，我们两人中最糊涂的其实是你呀，亲爱的。"

"如您所言！"

"你住在五楼右边，而我，正好就住在你楼上。所以呀，年轻人，我们两个之间，究竟谁比较糊涂啊？"

自从进入医学院以来，我就担心着某天会与爸爸在相同情况下重逢，但这一晚，我遇上的是我的邻居，场景不是在大楼的楼梯间，而是在急诊部。我已经搬到那里五年了，五年来，我听着头顶上她来来去去的脚步声、早晨她热水壶的哨声和她打开窗户的吱吱声，而我从来没有想过是谁住在那里，也不曾幻想过这个日常生活与我如此贴近的人长什么模样。吕克说得对，大城市让人抓狂，它榨干你的灵魂，又像吐口香糖般把它吐出来。

"别那么拘谨，大孩子，不要因为我帮你代收过两三次包裹，就觉得欠我的情，应该要来拜访我。我们在楼梯间擦肩而过好几次，但你上楼的速度太快，就算你的影子要追着你跑，你也会把它甩在某一层楼。"

"您说得实在太有趣了。"我边回答边用灯观察她的瞳孔。

"哪里有趣？"她很惊讶，一边闭上眼皮。

"没事。或许您可以告诉我，是什么事让您这么开心。"

"才不要，现在我知道你是我邻居，我就更不想说了。说到这儿，我想请你帮我一个忙。"

"请说。"

"你如果能建议你的朋友在和女友翻云覆雨时压低音量，我将不胜感激。我对年轻人的游戏没有意见，但到了我这个年纪，唉，我们的睡眠很浅啊！"

"请放心，您不会再听到任何声音，据我所知，他们已经快分手了。"

"啊，我真是个爱幻想的老女人，真是抱歉。好了，要是没事的话，我可以回家了吗？"

"我必须让您留院观察，这是我的职责所在。"

"你还想观察什么？"

"您呀！"

"好吧，我就让你省点事吧！我是个连你都不会再多看一眼的老女人，而我在厨房滑了一跤。没什么好观察或检查的，只要帮我把这个肿得一目了然的脚踝包扎起来就好啦！"

"请躺好，我们会送您去照 X 光。如果没有骨折的话，我可以在值完班后送您回家。"

"因为我们是邻居，我给你三小时，否则，我就用自己的方式回家。"

我开了拍 X 光片的检查单，在返回工作岗位前，把老太太托给一名担架员。新年前一夜是急诊部最惨的时候，从半夜十二点半开始，第一批病患就纷纷来报到。过量的酒、过于丰盛的食物，有些人庆祝节日的方式总是让我不解。

我在清晨时去找我的邻居，她坐在轮椅上，手提袋放在膝上，脚上缠着绷带。

"还好你当了医生，你要是当司机，大概早就被开除了。你现在要带我走了吗？"

"我还要半小时才下班，您的脚踝还痛吗？"

"一点儿扭伤罢了，不用看大夫也知道。你要是能去自动售货机帮我买杯咖啡，我就可以再等你一会儿——只有一会儿哦，不能太久。"

我到自动售货机前帮她带了杯咖啡，她就着杯口沾了沾唇，对我挤出一脸难喝的模样，指了指柱子旁的垃圾桶。

急诊大厅空荡荡的，我脱去白袍，从值班室拿了外套，推着轮椅走出去。

在等出租车时，刚下班的救护车司机认出了我，问我要去哪里。他很好心地愿意载我们一程，更贴心地帮我一起把我的邻居抬上楼。到了六楼，我们俩都已累得气喘吁吁。我的邻居把钥匙交给我，救护车司机就离开了。我协助老太太坐在扶手椅上。

我答应她会再来看她，并帮她带来可能需要的东西，以她脚踝的脆弱程度，最好一段时间别爬楼梯。我把我的电话号码草草写在一张纸上，把字条放在小圆桌显眼的地方，又让老太太答应一有问题就立刻打电话给我。没想到我刚离开，她的电

我只是你生活里的一个影子，你却在我的生命里占有重要地位。如果我只是个单纯的过客，为何要让我闯入你的生活？我千百次想过要离开你，但仅凭一己之力我做不到。

话就来了。

"你不是个好奇心重的人啊，你甚至没问我的名字。"

"艾丽斯，您叫艾丽斯，您的文件上写了。"

"我的出生年月日也有？"

"是的。"

"真讨厌。"

"我没有推算您的年纪。"

"你真有风度，但我才不相信。没错，我九十二岁，而我也知道，我看起来只有九十岁！"

"远不到这岁数，我本来以为您只有……"

"闭嘴，不管你说多少岁，对我而言都太多了。你真的不是个好奇心重的人，我一直没有告诉你，到底我到医院时，是因为什么事而开心。"

"我忘记了。"我向她坦承。

"那就到我家厨房来，你会在洗碗槽上方的橱柜里找到一包咖啡粉，你会用咖啡机吗？"

"我想应该会。"

"反正再怎么样也不可能比你先前买给我的那杯饮料还糟。"

我尽力煮了咖啡，用托盘端着走回客厅。艾丽斯帮我们各倒了一杯，她喝了她那杯，没作任何评论，我应该成功通过考验了。

　　"好了，昨天晚上心情为什么那么好？"我开口，"摔伤了没什么好高兴的啊！"

　　艾丽斯弯向矮桌，拿出一盒饼干给我。

　　"我的孩子让我厌烦，厌烦到你无法想象！我受不了他们的谈话内容，我儿子的老婆和我女儿的丈夫更让我无法忍受。他们只会浪费时间在抱怨，对他们小小世界以外的事物丝毫不感兴趣。你要知道，我以前是法文老师，所以会教他们读诗也不难理解，但这两个白痴只对数字感兴趣。我本来想逃避在新年前夕去我儿媳妇家，换句话说，那根本是苦难日，我儿媳妇简直是用脚在煮菜，就算一只火鸡都能把自己烤得比她烤得好。为了不要搭上昨天早上的火车，到他们凄凉的乡下宅邸跟他们见面，我借口说我扭伤了脚踝，他们也全都假惺惺地说真遗憾——我跟你保证，就只有五分钟而已，一分钟都不多。"

　　"要是他们中有人决定开车来载您呢？"

　　"完全不可能。我女儿和我儿子从十六岁起就在比赛谁更自私，现在已经四十多岁了，他们还分不出高下。滑倒之前，我本来还在厨房自言自语地说，应该等他们度假回来后，假装在脚踝缠个绷带，以配合我的谎言，没想到就滑了一跤，然后发现自己跌得四脚朝天。十一点四十五分，消防队员来了，我努力帮他们开了门，六个帅哥待在我的公寓，对我而言，还有什么比这样的新年前夕更美好呢，更别谈不用去吃我儿媳妇的火鸡了，我没什么好要求的了！消防队员帮我作了检查，把我绑在担架上以便扛下楼。午夜十二点整，正当我们要去医院时，我问队长能不能再等我几分钟，因为我的状况并不危急，所以他答应了。我请他们吃巧克力，我们一起等了一会儿……"

"您在等什么？"

"依你之见呢？当然是等电话响啦！结果今年大家还是没办法裁定我这两只雏鸟谁是赢家。到了医院我一直笑，是因为我的脚踝在消防车上就不断肿大，终于，我得到了我要的绷带。"

我协助艾丽斯躺到床上，帮她打开电视，让她休息。一回到家里，我就急着打电话给妈妈。

一月是一片天寒地冻。吕克从家里回来后，对学业展现了前所未有的动力，因为在家里他爸爸一直惹火他，而他妹妹花在玩游戏机上的时间远大于跟他聊天。受我之托，吕克去拜访了我妈妈，他觉得她气色不太好。妈妈托他带了一封信和一份圣诞节礼物给我。

亲爱的：

我知道你工作缠身，别为此懊恼，圣诞节晚上我有点累，很早就睡了。花园和我一样，在冬霜中沉睡，树篱都染成白色，这景象如此优美。邻居送了我很多木柴，多到足以撑过围城之战。夜晚，我燃起壁炉，看着炉膛里噼啪作响的火焰，想着你，想着你紧凑的生活，这勾起了我好多回忆。你现在应该更能理解，为何我当年总是精疲力竭地回家，而我希望现在的你能原谅我，因为曾经有那么多夜晚，我完全没有一丝力气来和你说话。我很期望能常常看到你，也很想念你在这里的时光，但我又为你所完成的任务感到骄傲又欣喜。我会在初春来临时去看你，虽然我答应过你二月就过去，但有鉴于这持续的严寒冬霜，我还是谨慎为上；我可不想为了让你感动而变成跛脚病患。如果你碰巧能休几天假——虽然我写的时候就知道那不可能——我就会是全天下最快乐的妈妈。

眼前是美好的一年，六月你即将毕业，然后开始当实习医生，虽然你比我更清楚这些事，但光是写下这几个字，就让我感到非常骄傲。为此，我可以抄写同样的文字上百次。

那么，祝你有个美好且幸福的一年，我的孩子。

爱你的妈妈

附：如果你不喜欢这条围巾的颜色，没办法，你也没得换了，这是我为你织的。如果围巾有点松垮垮的，那很正常，这是我第一次织也是最后一次了，我痛恨编织。

我拆开包裹，把围巾围在脖子上，吕克立刻嘲笑我。围巾是紫色的，一端比另一端宽大得多，但一围上就看不出来了。这条围巾，我戴着它过了整个冬天。

＊　　＊　　＊

苏菲在一月第一个星期的最后几天现身。我曾每晚在她值班时去找她，却从未在那里遇到她。这次是她到急诊部来看我，也是她回来的当天，她一身被晒黑的皮肤和她脸部周遭苍白的肤色极不相称。她说她前阵子需要去透透气。我带她到医院对面的小咖啡店，一起在重回工作岗位前共进晚餐。

"你去了哪里？"

"如你所看到的，去晒太阳。"

"一个人？"

"和一个女性朋友。"

"谁？"

"我也有一群童年密友好吗！你妈妈好吗？"

她让我一个人唱独角戏般说了好长一段时间的话，突然，她把手放在我的手上，坚定地看着我。

"你和我在一起多久了？"她问我。

"干吗问这个问题？"

"回答我。我们的第一次是在什么时候？"

"我们双唇初触的那天，是我在你值班时去看你的时候。"我毫不迟疑地回答。

苏菲看着我，一脸抱歉。

"还是我在公园请你吃冰激凌那天？"我接着说。

她的脸色更沉了。

"我在问你日期。"

我需要思考几秒钟，她却不给我喘息的余地。

"我们第一次做爱，是两年前的今天。你甚至根本不记得。我们已经两个星期没见，却在医院对面这个破旧的小店里庆祝我们的两周年，只因为必须在值班前吞点儿东西。我真的无法时而当你最好的朋友，时而当你的情人。你已经准备好为全世界，甚至为早上才遇到的陌生人奉献，而我，我只是你在暴风雨时紧抓的浮标，天气一放晴你就松手。你这几个月来对吕克的关心，远比两年来对我的还多。不管你承不承认，我们都已不是在学校操场放纵青春的孩子。我只是你生活里的一个影子，你却在我的生命里占有重要地位，这让我很受伤。你为何带我去见你母亲？为何要制造在阁楼里的亲密时刻？如果我只是个单纯的过客，为何要让我闯入你的生活？我千百次想过要离开你，但仅凭一己之力我做不到。所以，请你帮我一个忙，帮我们完成这件事，又或者，如果你相信我们之间还有可以共同分享的地方，即使只是时间问题，就为我们找出方法来继续这段故事。"

　　苏菲起身离开。透过玻璃，我看到她在人行道上等绿灯。外面正下着雨，她竖起大衣上的衣领，而不知为何，这个无意义的小动作却让我该死地想要她。我掏空口袋，把钱扔在桌上付账，着急地冲出去追上她。我们在冰冷的大雨中拥吻，在亲吻中，我为对她造成的伤害致歉。而我又如何能知道，我接下来会同样伤害她，并再度为此向她道歉。不过我当下完全没有预料到，我对她的渴望是如此真切。

一支插在漱口杯中的牙刷、两三件柜子里的衣物、一个床头闹钟、几本随身的书，我把套房留给吕克，就此搬进苏菲家。我每天还是会回我家，只是去看一看，就像水手会去码头巡视缆绳一般。我每次都会趁机到楼上走走，艾丽斯的反应可爱极了，我们聊天时，她会滔滔不绝地说着她的童年惨事，这让她很开心。我先前曾委托吕克，当我不在时，换他帮忙留意艾丽斯，确保她什么都不缺。

一天晚上，我们偶然同时出现在艾丽斯家，她向我们提出了一个颇为惊人的论点："与其生孩子，再尽全力把他们养大，还不如领养成年的大人，至少知道自己在跟谁打交道。像你们两个，我立刻就会选择领养你们。"

吕克一脸惊愕地看着我，而被他的反应逗得乐翻的艾丽斯接着说："别假了，你不是跟我说过你父母有多令你恼火吗？那么，为什么父母无权对他们的下一代有着同样的感觉呢？"

吕克愣住，答不出话来。我把他拖到厨房，偷偷跟他解释艾丽斯有着独特的幽默感，这不应该怪她，她因悲伤而日渐憔悴，面对如此沉重的悲痛，她徒然用尽千方百计想与之相处，甚至试着去恨，但全都枉然，她对儿女的爱太深，所以为他们的弃养而饱受折磨。

这个秘密并非艾丽斯亲口对我吐露，而是某个早晨我去看她时，阳光正好射进她的客厅，而我们的影子又偏偏刚好靠得太近。

*　　*　　*

三月上旬，急诊部全体同仁被征召开大会，因为吊顶的天花板板子被发现含有石棉，特殊小组将维修替换，工程会持续三天三夜。在这期间，会由另一个医学中心来接替我们的工作，换句话说，全体同仁整个周末失业。

我立刻打电话给妈妈，跟她说这个好消息：我很快就能去看她，星期五就到家。妈妈沉默了一会儿，然后说她很抱歉，因为她已经答应陪一位女性友人去南部玩，这个冬天特别寒冷，晒几天太阳会让她们好过一点儿。这趟旅行已经计划了好几个星期，旅馆的订金已经付了，机票又不可退换，她不知道该怎么取消。她说她真的很想看到我，这真是阴错阳差，她希望我能谅解，不要怪她。她的声音如此无力，我立刻就请她放心，我不仅完全能

体谅，还很高兴她愿意走出家门去旅行。到了月底春天就要来
了，等她来看我时，我们就能弥补失去的时光。

　　这一晚，苏菲值班，我则没有。吕克正在加紧温习功课而
且需要人帮忙，于是在快速解决一盘面条后，我们一起坐在书桌
前，我扮演教授，他饰演学生。午夜时，他把生物学课本扔到房
间另一头。我能理解他的举动，一年级时，面对日渐逼近的考
试，我也有过相同的压力，恨不能把一切都丢掉，逃避可能考不
过的危机。我捡起课本，像一切都没发生过般拿回来，但吕克已
经走到外面去，他的不安让我有点担心。

　　"我要是再不离开这个地方一两天，我铁定会爆炸。"他
说，"我会把我身体残存的部分捐给医学院。第一宗从体内自体
爆炸的人类孵化器，应该会引起医学界的兴趣。我已经预见我躺
在解剖室的台子上，被一群年轻学子包围，至少在我魄散九霄之
前，女孩们会把玩我的睾丸。"

　　听到这段独白，我明白我的朋友真的需要去透透气。我考虑
情况后，建议陪他到乡下去温习功课。

　　"我不喜欢乳牛。"他回答我，声音凄切。

　　一阵沉默，我紧盯着吕克的眼睛，直到他把视线转开望向

他方。

"去海边吧，"他说，"我想看看海，看看一望无际的地平线，辽阔的外海和浪花，听听海鸥的叫声……"

"我想我能想象那幅画面。"我对他说。

离我们最近的海岸线在三百公里之遥，唯一可搭的火车是班慢车，车程要六小时。

"租辆车吧，虽然我当担架员的钱都会花在这上头，但没关系，由我来付这笔钱，我求你，带我去海边吧！"

就在吕克央求我之际，苏菲推开门走进套房。

"门是开着的，"她说，"我没有打扰到你们吧？"

"我以为你在值班。"

"我也以为，我白白工作了四小时，才发现我搞错日期了，我花了点时间才想起来我们上次是一起值班的，所以我想也许我可以跟你共度一个真正的夜晚。"

"真可惜。"我回答。

苏菲幽幽地看着我，撅高的嘴预示了最糟的情况。我瞪大眼睛，沉默地询问她有什么事不对劲。

"你这周末要去海边对吧？如果我猜得没错。噢，别摆出这副脸色，我没有在门外偷听，吕克的嗓门大得在楼梯口就听得到。"

"我不知道，"我回话，"既然你听到了我们的对话，你就应该知道我还没回答。"

吕克用眼神来回看着我们，就像个坐在体育场的阶梯座位上观看网球比赛的观众。

"你就做你想做的事吧！要是你们想共度周末，我会找到事情做的，不用担心我。"

吕克应该看穿了我正面临两难局面。他弹跳起来，扑向苏菲的脚边，紧抓住她的脚踝，开始求她。我还记得他也曾经为了逃过雪佛太太的处罚，上演过同样的戏码。

"苏菲，我求求你，跟我们去嘛，你不要当坏女人，不要让他有罪恶感嘛！我知道你想跟他共度这两天，但他正试着挽救我的性命，你要是拒绝对一个身处危险的人伸出援手，又何必读医科呢？尤其那个有问题的人是我啊！如果你们再不带我离开这里，我就快要被书本压得窒息而死了。跟我们一起去啦，求求你，我会待在沙滩上，你们不会看到我，我会让自己隐形起来。我保证会保持距离，一句话也不说，然后你会忘了我的存在。到海边过两天，只有你们俩和我的影子。答应吧，我求你，我会付租车费、汽油费和旅馆的钱，你还记得我之前曾经为你做过羊角面包吧？我当时跟你还不熟，但我已经知道我们一定会相处愉快的。你要是答应我，我就做你从来没吃过的泡芙面包给你吃。"

苏菲垂下眼睛，用非常严肃的语气问道："首先，泡芙面包是什么？"

"你又多了一个非去不可的理由，"吕克接话，"你绝对不能错过我做的泡芙面包！你要是拒绝了，这浑蛋一定也不去了。万一我没去透透气，我就不能继续复习功课，我就会考不好，结论是我的医生生涯就掌握在你手里。"

"好了，别耍宝了。"苏菲温柔地说，一边扶他站起来。

她摇摇头，说我们是一丘之貉。

"两个淘气鬼！"她说，"去海边吧，不过我们一回来，我就要吃到泡芙面包。"

我们留下吕克继续温习功课，他星期五早上会来跟我们会合。

当我们散步回苏菲家时，她抓住我的手，"要是我刚才拒绝跟你们去，你真的会取消这周末的行程？"她问我。

"你真的会拒绝吗？"我反问她。

走回套房的途中，苏菲向我承认，吕克真算得上是个很有自我风格的怪人。

吕克无疑找到了城里最便宜的出租汽车——一辆老旧的厢型车，四扇车门的颜色完全不同，车前没有散热器的护栅，两盏被生锈散热器分开的车头灯，让人联想到一双醒目的斜视眼睛。

"对啦，这辆车是有点斗鸡眼，"在苏菲犹豫着是否要坐上这堆废铁时，吕克开口，"但它轰轰作响的引擎和刹车皮都是新的，就算离合器有点嘎吱作响，还是能平安把我们载到目的地。而且，你们看，这辆车的空间很大哦！"

苏菲选择坐在后座。

"我让你们俩坐前座。"她说，一边在惊人的嘎吱声中关上车门。

吕克转动车钥匙发动车子，他转向我们，一脸兴奋。他说得没错，引擎很赏脸地轰轰响起。

避震器是旧的，一点点弯道都会让我们像坐上旋转木马般荡来荡去。开了五十公里之后，苏菲求饶，要我们在第一个休息站停下。她毫不客气地把我赶走，因为她宁愿冒着生命危险坐上死亡之座，也不愿留在后座，忍受每次转弯时，从一端窗户滑向另一端的恶心呕吐感。

我们趁空当把油加满，还赶在重新上路前，一人吞了一个三明治。

　　接下来的旅途，我就一点儿也记不起来了。我躺在后座，一路摇来荡去，渐渐陷入沉睡中。偶尔睁开眼睛，苏菲和吕克正在高谈阔论，他们的声音比车子的摇晃更有助于入眠，于是我再度进入梦乡。

　　出发五小时后，吕克把我摇醒，我们到了。

　　他把车停在一间与车子同样破旧的小旅馆门前，好像这辆破车终于找到了回家的路。

　　"我同意，这不是四星级旅馆。我承诺了要付账，而这是我唯一能负担得起的。"吕克一边说一边从后备厢取下行李。

　　我们一言不发地随他到了柜台。这栋滨海小旅馆的女主人应该是在二十来岁时就开始经营这家旅馆了吧，她五十多岁，外形恰到好处地与屋内的装潢融为一体。我本来以为，在这淡季中，我们会是唯一的一组客人，然而却有十五名老人家倚着栏杆，好奇地看着我们这些新来的客人。

　　"这些都是常客，"老板娘耸耸肩，"街角的赡养院被吊销了执照，我被迫接手这群可爱的小团体，总不能让他们流落街头吧！你们很幸运，其中一个房客上个星期过世了，所以空出了一间房，我带你们过去。"

"嘿，这下子我得说，我们真是走了狗屎运了！"苏菲一边上楼一边低语。

老板娘请求寄宿老人在走廊上挪出一点空间，好让我们穿过。

苏菲一一向老人家微笑，她向吕克抛下一句："万一刚好想念医院的话，至少在这里，我们不会太不习惯。"

"你怎么知道我有内线消息？"他回击，"一个一年级的女同学给我这个地址，因为她每次放假都会来这里帮忙，赚点外快。"

我们打开十一号房的房门，里面有两张床，苏菲和我转向吕克。

"我答应你们会自动消失，"他道歉，"反正旅馆本来就是用来睡觉的，不是吗？如果你们需要安静，我也可以去车上睡，就这样。"

苏菲把手搭在吕克的肩上，告诉他，我们来这里是为了看海，这才是最重要的。吕克安心了，要我们先选一张床。

"两张都不要。"我低语，拐了吕克一记。

苏菲选了离窗户最远、离浴室最近的床。

放下行李后，苏菲建议不要浪费时间，她饿了，又急着想看到辽阔的大海。吕克没有让她把同样的话说第二遍。

去沙滩大约需要步行六百米。我们请老板娘在纸上草草画了个大略的地图，路途中，我们发现一家全日供餐的小餐馆。

"这次换我请你们。"苏菲提议，为卷到我们脚下的浪花陶醉不已。

走在市集的路上时，我才有种似曾相识的感觉：我似乎来过这里。我耸耸肩，所有的滨海小镇都差不多，我的想象力大概又在耍我了。

吕克和苏菲饿昏了，今日特餐不够他们果腹，于是苏菲又点了一客焦糖布丁。

走出小餐馆时，夜幕低垂，大海就在不远处，即使暮色中能见度不高，我们还是决定到沙滩走一圈。

防波堤的灯光才刚点亮，三盏老旧的路灯隔着一段距离相互辉映，而码头尽处则沉浸在一团漆黑中。

"你们闻到了吗？"吕克欢呼，同时敞开双臂，"你们闻到这股碘的味道了吗？我终于摆脱从我当担架员以来就挥之不去的医院消毒水的臭味了，我还曾经为了除去这股臭味而用牙刷刷鼻孔，但那根本没用。不过现在，啊——多美好！还有这股噪声，你们听到海浪袭来的噪声了吗？"

吕克根本不等我们回答，就除去鞋袜，跑到沙堆上，扑向浪花形成的泡沫滚边。苏菲看着他走远，朝我使了个眼色，就打起赤脚，冲去加入吕克。吕克此刻正在一边追逐退潮，一边声嘶力竭地大吼。我前进追随他们，高挂的月亮已经近乎满月，于是我看到身前拖得长长的影子，而在绕过一个水洼的瞬间，我依稀从海水的粼粼波光中，瞥见一个凝视着我的小女孩的身影。

我找到吕克和苏菲，两个人都气喘吁吁，我们的脚都冻僵了。苏菲开始打哆嗦，我抱住她帮她摩擦背部取暖，是该回旅馆了。我们拎着鞋子，穿越小镇回旅馆。旅馆所有的房客都已沉睡，我们蹑手蹑脚地爬上楼。

一冲完澡，苏菲就滑进床单里，几乎一沾枕头就睡着了。吕克迷迷糊糊地看了她一眼，对我比了个手势，就熄了灯。

＊　＊　＊

早晨，一想到要到餐厅与大家共进早餐，我们就一点儿也提不起劲。那里的气氛本来就不太愉悦，更何况大家咀嚼的声音更是让人倒尽胃口。

"但是早餐包含在房价里。"吕克坚持。

面对着一脸挫败、厌恶不已地在干吐司上涂果酱的苏菲，吕克突然推开椅子，命令我们等他一会儿，就消失在厨房里。经过长长的十五分钟之后，埋首餐盘的寄宿老人抬起头来，鼻子灵敏地嗅到一股不熟悉的香味，然后是一阵静默，一丝声音都听不到，所有的老人都放下了餐具，齐刷刷地紧盯着餐厅的门，眼神热切。

吕克终于来了，顶着一头沾了面粉的头发，提着一篮烘饼。他绕了餐桌一圈，分给每个人两块饼，再走到我们身边，把三块饼放到苏菲的餐盘里，然后坐下。

"我尽量用能找到的食材来做，"他一边坐下一边说，"我们得再去买三包面粉和等量的奶油及糖，我相信我已经把老板娘的存粮洗劫一空啦！"

他做的烘饼真是色、香、味俱全，温热又入口即化。

"你知道吗，我很怀念这种感觉，"吕克一边环顾四周一边说，"我很喜欢这样，看着清晨第一批客人胃口大开地来到面包店。看看我们周遭的人，他们看起来多幸福，严格说来这与医学无关，却看起来对他们很有效。"

我抬起头，老人家正在享用美食，一扫我们刚走进餐厅时的死寂，替换成此刻充满活力的热闹谈话声。

"你有一双点石成金的手，"苏菲满口食物地开口，"说不定这也是一种医术呢！"

"这个老人家啊，"吕克说着，指着一名站得直挺挺像根木桩的老先生，"再过几年就可能是马格咯！"

我们周遭的每位老人都比我们老了至少三倍以上的岁数，置身这群笑颜间——偶尔甚至听到几阵笑声流泻在四周，我竟有种奇怪的错觉，仿佛重回到昔日的学校学生餐厅，而在那里，同学全都染上了微微风霜。

"我们去看看白昼下的大海像什么吧！"苏菲提议。

我们花了点时间上楼，回房间套了件毛衣和外套，就走出了小旅馆。

到达沙滩时，我终于明白前一天感受到的似曾相识的感觉是什么了——我来过这小小的滨海小镇。在码头尽处，灯塔的塔灯在晨雾中浮现，一座小小的、被遗弃的灯塔，和我记忆中的一样忠贞不渝。

"你来不来？"吕克问我。

"啊？"

"沙滩尽头有间小咖啡店，苏菲和我渴望来杯'真正'的咖啡——旅馆里的咖啡根本就像洗碗水。"

"你们去吧，我稍后和你们会合，我需要去确认一些东西。"

"你需要在沙滩上确认一些东西？你要是担心大海消失的话，我向你保证它今晚就会回来。"

"你能不能帮我个小忙，不要把我当笨蛋？"

"哎哟，火气很大呢！好啦，您的仆人去陪伴夫人了，让大人您可以好好去数数贝壳。有没有话要我传达呢？"

懒得再听吕克的蠢话，我走向苏菲，向她道歉失信不能陪她，并且承诺尽快过去和他们会合。

"你要去哪里？"

"我想起了一些回忆。我最晚一刻钟后去找你们。"

"什么样的回忆？"

"我想我曾经来过这里，和我妈一起，并在这里度过了我生命中很重要的几天。"

"你到现在才想起来？"

"那是十四年前的事了，而且我从此之后就没再回来过这里。"

苏菲转过身。在她挽着吕克的手远去时，我朝防波堤前进。

生锈的告示牌一直挂在铁链上——"禁止进入"，字迹已经模糊，字母c和i已经无法辨识。我跨过去，推开铁门，铁门上的锁孔早已因盐分侵蚀而消失。我爬上楼梯，登上老旧的瞭望台，阶梯好像缩小了，我原以为它们更高一些。我攀上通往塔顶的梯子，窗玻璃都还完整，但污垢积得发黑，我用拳头擦了擦玻璃，从拭出的两个圆圈里看出去，这两个圆圈就像望远镜般指向我的过去。

我的脚绊到某样东西。在地上，一层厚厚的灰尘底下藏了一个木箱子，我蹲下身把箱子打开。

箱子里躺着一只老旧的风筝，骨架都还完整，但翅膀已经破烂不堪。我把老鹰风筝抱在怀里，小心翼翼地抚摸它的翅膀，它看起来如此脆弱。然后我望向木箱深处，倒抽了一口气，一长条的细沙还维持着半颗心的形状，旁边有一张卷成锥状的字条，我把字条摊开，读出上面的字：

我等了你四个夏天，你没有信守承诺，你再也没有回来。风筝死了，我将它埋葬在这里，谁知道呢，也许有一天你会找到它。

克蕾儿

　　四十米。风筝线轴仔仔细细地卷起。我下楼走向沙滩，把我的老鹰风筝摊在沙上，把木头滚动条与风筝连接在一起，检查连接两者的结，放出五米的线，然后开始逆风奔跑。

　　"老鹰"的翅膀鼓起，先飞向左边，又倒向右边，然后直冲天际。我试着用风筝画出数个完美的"S"和"8"，但是破洞的鹰翼很难任我操控，我稍稍松手，它就飞得更高。风筝的影子呈"之"字状投射在沙子上，它的飞舞，让我心醉神迷。我听到一阵无法自抑的笑声向我袭来，一阵可回溯到我童年深处的笑声，一阵独一无二、大提琴音色般的笑声。

　　我的夏日知己变得如何了呢？那个因为听不到声音，而让我可以毫不畏惧地向她倾诉所有秘密的小女孩啊！

　　我闭上眼睛。我们曾经跑得上气不接下气，被带路的老鹰风筝拖着跑，你放风筝的功力无人能及，常常会有路上的行人停下脚步，只为欣赏你灵活的技巧。曾经有多少次，我牵着你的手走到这相同之地？你现在怎样了？你如今身在何方？你又会在哪个沙滩度过每个夏天？

　　"你在玩什么？"

　　我没听到吕克走来。

　　"他在玩风筝。"苏菲回答，"我可以试试看吗？"她问，同时伸过手来抓住风筝的手柄。

我还没来得及反应，她就从我手中夺过风筝。风筝旋转了几圈，朝着沙滩栽去，在擦撞沙子的瞬间，风筝断了。

"啊！对不起，"苏菲道歉，"我不太会玩。"

我朝风筝跌落的地方冲去。它的两支竖杆断裂，翅膀也折断了，倒在胸前，一副可怜兮兮的模样。我跪下去，用双手捧住它。

"别露出这副表情啦，你好像快哭出来了，"苏菲对我说，"这不过是只破风筝罢了，你要的话，我们可以去买一只全新的。"

我一言不发，也许是因为把克蕾儿的故事告诉苏菲，就如同出卖了克蕾儿一样。童年的爱是很神圣的，什么都无法将之夺去，它会一直在那里，烙印在你心底，一旦回忆解放，它就会浮出水面，即使只是折断的双翼。我折起鹰翼，重新把线卷好，然后请吕克和苏菲等我一会儿，把风筝重新放回灯塔去。一到了塔顶，我就把风筝放进木箱子，还向它道了歉；我知道，对着一只老旧的风筝说话很蠢，但我就是这么做了。把木箱盖合上时，我很愚蠢地哭了，而且完全停不下来。

我走向苏菲，完全无法开口跟她说话。

"你的眼睛都红了，"她低低地说，把我拥入怀中，"这是意外，我并不想弄坏它……"

"我知道，"我回应，"这是一个回忆，一直平静地睡在上面，我不应该把它唤醒。"

"我听不懂你说的话，但这似乎让你很伤心。你要是想聊聊心事，我们可以走远一点儿，就我和你，共度两人时光。自从我们来到沙滩后，我就有种失去了你的感觉，你总是心不在焉。"

我吻了吻苏菲，向她道歉。我们沿着海岸散步，只有我们俩，肩并着肩，直到吕克跑来加入我们。

我们远远就看到他过来，他用尽全力大喊，要我们等等他。

吕克是我最好的朋友，这个早上，我又再度证明了这件事。

"你还记得你那次骑脚踏车摔跤的意外吧？"他边说边走近我，手藏在背后，"好吧，我来唤醒你的记忆，你这忘恩负义的家伙。你妈妈买了一辆黄色的全新脚踏车给你，于是我骑上我的旧脚踏车，跟你一起去挑战墓园后方的山坡。当我们从墓园的铁栅门前经过时，我不知道你是不是要确认有没有鬼魂跟在后面，反正你转过了头，然后撞到坑洞，你飞了一圈，四脚朝天跌在地上。"

"你到底想说什么？"

"闭嘴，等会儿你就知道了。你的一只车轮变形了，你担心得要命，这比你流血的双膝还严重，你不断说着你妈会宰了你。脚踏车才刚买不到三天，要是这样推回家，你妈绝对不会原谅你，她之前为了买脚踏车给你而加了好多班。这真是一场灾难。"

那天下午的回忆重新浮现在我的记忆里。吕克拿出挂在他坐垫的小工具包的钥匙，把我们俩的车轮掉换，他脚踏车的轮子刚好跟我的相符。他终于把轮子装好，并对我说我妈妈什么都不会察觉。然后吕克请他爸爸帮我修好了车轮，第二天，我们又再调换回来。果然神不知鬼不觉，我妈妈什么也没发现。

"看吧，你又来了！好吧，但我可得先提醒你，这是最后一次啦，你总该学着长大一点儿。"

吕克拿出从刚才就藏在身后的东西，他递给我一只全新的风筝。

"这是我在沙滩小杂货店唯一能找到的了，你很走运，那家伙告诉我这是最后一只，他们已经停卖风筝很久了。这是只猫头鹰，不是老鹰，但你就别太挑剔了，这也是鸟类的一种嘛，而且，它在夜里也能飞。你这下高兴了吧？"

苏菲把风筝放在沙上，把线头交给我，对我比了个让风筝起飞的手势。我觉得有点好笑，不过当吕克一边交叉双臂，一边用脚打着拍子，我明白我得证明些什么，于是我飞奔过去，风筝也随之升上天空。

这只风筝飞得很棒，操纵风筝就像骑脚踏车一样，是不会遗忘的本能，即使已经多年未曾练习。

每次猫头鹰画出完美的"S"和"8"，苏菲都会鼓掌；而每一次，我都有种又多欺骗了她一点儿的感觉。

吕克吹了声口哨，向我比了比，让我看向码头。十五位寄宿老人已经坐在石头矮墙上，欣赏着猫头鹰风筝在空中飞舞。

我们和老人一起返回旅馆，也到了我们该回家的时候。我趁吕克和苏菲上楼收拾行李时，把账结清，还多付了一点儿，好弥补早上耗尽厨房存粮的那一餐。

老板娘毫不客气地收下钱，还压低声音，问我能不能拿到烘饼的食谱，她已经跟吕克要过，但没拿到。我答应试着逼他说出秘方，再转交给她。

早餐时在餐厅里站得像根柱子般挺直的老人家，也就是吕克认为是老年马格的化身的那位，朝我走过来。

"你在沙滩上表现得很棒啊，孩子。"他对我说。

我谢谢他的赞美。

"我知道我在说什么，我卖风筝卖了一辈子，我以前经营沙滩的那家小杂货店。你干吗这样看着我？不知情的人还以为你看到鬼了哩！"

"如果我说很久以前您曾经送过我一只风筝，您相信吗？"

"我想你的女友需要人帮忙。"老先生对我说，指了指楼梯。

苏菲走下阶梯，拎着她的行李和我的。我把行李从她手中拿过来，放进车子的后备厢里。吕克坐在驾驶座上，苏菲坐在他旁边。

"可以走了吗？"她问我。

"等我一分钟，我马上回来。"

我朝旅馆奔去，老先生已经坐在客厅的扶手椅上，看着电视。

"那个聋哑的小女孩，您还记得她吗？"

车子的喇叭鸣了三声。

"我看你的朋友蛮急的啊！找一天再来看我们吧，我们会很开心地接待你们，尤其你的哥们儿，他今天早上做的烘饼真是好吃极了。"

喇叭声继续响起，我只好勉为其难地离开。我第二次对自己发誓，要再回来这个滨海小镇。

*　*　*

苏菲哼着吕克填了歌词并大声吼唱的旋律。吕克唠叨了我近二十次，怪我不肯跟他们一起唱；而苏菲则重复了二十次，要他别吵我。四小时的车程过后，吕克开始担忧突然暴跌的油表，指针已经从右方的"满"一下子跌到了左方的"空"。

他以严肃的口吻宣布："只有两种可能，一是油箱的显示器坏了，二是我们很快就得下去推车。"

二十千米之后，引擎咳了咳，在离加油站几米前熄了火。走出车子时，吕克轻敲引擎盖，赞扬它的功劳。

我把油箱加满，吕克则去买水及饼干。苏菲走近我，搂住我的腰。

"你当加油工的样子还蛮性感的。"她对我说。

她亲亲我的颈，然后去商店找吕克。

"你要来杯咖啡吗？"她转过身问我。

我还没来得及回答，她就朝我嫣然一笑，加了一句："等你想告诉我是哪里不对劲时，我会在这里，在你身边，即使你感受不到。"

我们重新上路后没多久就遇上了大雨，雨刷很费力地驱赶雨滴，在挡风玻璃上发出阵阵令人不耐的嘶嘶声。我们入夜后才抵达城里，苏菲睡得很沉，吕克犹豫着要不要叫醒她。

"我们该怎么办？"他低声问我。

"我不知道，就停在路边，等她醒来吧！"

"送我回我家去，别在那里说蠢话。"苏菲闭着眼睛喃喃道。

然而吕克没有照她的话做，他往我们住的套房驶去。他断然宣布，绝不能对周日夜里的悲伤让步，下雨天更要提高警觉，我们三个人要联手打击周末尾声的忧郁。他承诺要做我们从没吃过的面条。

苏菲起身，擦了擦脸。

"看在面条的分上就去吧，然后你们再送我回家。"

我们坐在地毯上吃了晚餐，吕克在我床上睡了，苏菲和我则到她家过夜。

我一觉醒来，她已经出门了。我在厨房找到一张小字条，用杯子压着，放在早餐餐具旁边。

谢谢你带我去看海，谢谢你给了我这意外的两天。我知道如果我骗你，告诉你我很幸福，你会相信。但我做不到。最难过的是看到你和我在一起，你却显得如此孤单。我不怪你，但我认为我并没有做错什么而需要遭受这样的惩罚，成为隐身在门后的女人。我觉得我们还是普通朋友时你更有吸引力，我不想失去最好的朋友，我太需要他的温柔和真诚。我必须找回从前的你。

稍晚到餐饮部时，你会跟我聊聊你的一天，我也会述说我的，而我们会再度产生默契，在我们将之失落之处。再过不久……我们会做到的，相信我。

离开时，把钥匙放在桌上。

亲亲。

苏菲

我把字条重新折好，放入口袋。从她的五斗柜里取出我的衣物，除了一件衬衫，在那上头，她用大头针别了一张小字条："别带走这一件，从现在起它是我的。"

我把钥匙放在她要我放的地方，然后离开，觉得自己成了笨蛋群中的最后一名，又或许是第一名。

偷 影 子 的 人
Le voleur d'ombres

不知道姓氏的克蕾儿。这就是你在我生命里的角色，我童年时的小女孩，今日蜕变成了女人，一段青梅竹马的回忆，一个时间之神没有应允的愿望。

不知道姓氏的克蕾儿。

这就是你在我生命里的角色，

我童年时的小女孩，

今日蜕变成了女人，

一段青梅竹马的回忆，

一个时间之神没有应允的愿望。

当晚，我打电话给妈妈，我需要和她谈谈，跟她吐露心事，听听她的声音。电话铃声空响，她之前跟我说过她要去旅行，但我忘了她回来的日期。

三个星期过去了，苏菲和我每次在医院巧遇时，都会有点不自然，即使我们假装什么事也没有。直到我和她在院区的小花园不期而遇时，一阵傻笑才又重燃起我们的友谊，原来我们两个人都偷溜到那里去喘口气。苏菲告诉我吕克的不幸遭遇，有两名伤者同时被送到急诊室，吕克推着担架奔跑，想抢先把他的伤者送到手术室，在走廊转角，他应该是为了闪避护士长而突然偏了一下，病人就滑下了担架。为了减缓病人的撞击，吕克立刻扑倒在地，救援成功，担架却辗过他的脸。他最后落得在前额缝了三针的下场。

她加了一句："你的好朋友很勇敢，比你当年在解剖室里用解剖刀割开一只手指还勇敢。"

　　我早已忘记这段我们一年级时的插曲。

　　我终于明白昨晚看到的吕克的伤口是怎么来的，他竟然还骗我是因为推门反弹回来打到他的脸。苏菲要我保证不向他透露是她出卖了他，毕竟是她帮他缝合的，算是她的病人，而她该为病人的医疗记录保密。

　　我保证不会出卖她。苏菲起身，她得回到工作岗位上。我叫住她，换我向她吐露吕克的秘密。

　　"其实他并非对你毫不关心，你知道吗？"

　　"我知道。"她对我说，同时飘然远去。

　　太阳放射出宜人的温暖，我的休息时间还没结束，我决定稍稍待久一点儿。

　　跳房子的小女孩走进花园，在长廊的玻璃之后，她的父母正在和血液专科主任交谈。小女孩一脚在前、一脚交叉地朝我走来，我猜她是想引起我的注意，她应该是急于向我陈述某件事。

　　"我已经痊愈了。"她骄傲地向我透露。

　　我曾多少次看到这个小女孩在医院的花园玩耍，却从未关心过她承受了何等病痛。

　　"我很快就可以回家了。"

"我非常为你高兴，虽然我会有点想念你，我已经很习惯看到你在花园里玩耍了。"

"那你呢，你也很快就能回家了吗？"

才刚对我说完这些话，小女孩突然爆出一阵大笑，一阵大提琴音色的笑声。

人们常常把一些小事抛在脑后，一些生命的片刻烙印在时光尘埃里，我们可以试着忽略，但这些微不足道的小事却一点一滴形成一条链子，将你与过去牢牢连在一起。

吕克已经准备好了晚餐，倒卧在扶手椅上等我。一进到房间，我就关心起他的伤口。

"好啦，别再扮演医生了，我知道你都知道了，"他边说边推开我的手，"好啦！我给你五分钟时间嘲笑我，然后我们就谈别的事。"

"我们周末开的那辆车，你能不能帮我租到？"

"你要去哪里？"

"我想回海边去。"

"你饿了吗？"

"是。"

"很好，因为我已经帮你弄了点吃的，如果你要的话，你可以边吃边告诉我为什么想回到那里去。不过如果你还想搞神秘的话，加油站的服务区还开着，现在这个时间点，运气好的话，你也许可以买到三明治。"

"你想要我告诉你什么？"

"说你在沙滩上发生的事，因为我很想念我最好的朋友。你总是有点魂不守舍，我也总是守着本分，不吭声地容忍你。不过现在，我已经忍无可忍了。你本来拥有全世界最棒的女孩，但你实在太浑蛋，以致经过一个该死的周末后，她也同样魂不守舍了。"

"你记得我妈妈带我到海边度过的那个假期吗？"

"记得啊！"

"你记得克蕾儿吗？"

"我记得开学时，你跟我说过你从此对伊丽莎白不屑一顾了，还说你遇到了你的灵魂伴侣，有一天她会成为你的另一半云云。不过我们当时都还是孩子，你还记得这件事啊？你该不会以为她就在那个滨海小镇等着你吧？老兄，回归现实吧，你对待苏菲的方式就像个白痴。"

"这件事你搞得定吧，是不是？"

"这带刺的语气意味着什么？"

"我只是在问你租车的消息。"

"你星期五晚上会看到车子停在路边，我会把车钥匙留在书桌上。冰箱里有焗烤，你只需要加热就可以吃了。晚安，我要出去走走。"

套房的门又合上了。我走到窗前，想叫住吕克向他道歉，但我只是徒劳无功地喊他的名字。他连头也没回，就消失在街角。

* * *

我安排好星期五值班，以便从星期六凌晨就能空出时间。我大清早一回到家，就看到厢型车的钥匙，就如吕克先前答应我的一样。

我花了点时间冲了澡，换了衣服，赶在中午前开车上路。我只在需要加油时停车，油表的显示器已经完全寿终正寝，我必须计算平均油耗，才能推算出何时要加油。但至少，这样的练习占据了我的注意力。自我出发以来，我就有种不自在的感觉，仿佛感觉到吕克和苏菲的影子坐在后座。

下午，我抵达了养老院般的小旅馆。老板娘看到我很惊讶，她很抱歉地说，我们上次租的房间已经有新房客入住，她完全没有空房间可以给我。我其实无意在这里过夜。我向她解释，我回来是为了找一位老是挺直腰杆的老人家，我想问他一个问题。

"你长途跋涉只为了问他一个问题！你知道我们有电话吧？莫东先生一辈子都站在他小杂货店的柜台后面，这就是他为何老是站得笔直。你可以到客厅找他，他通常都在那里消磨午后时光，几乎从来不出去。"

我谢过老板娘，走向莫东先生，并坐在他面前。

"你好啊，年轻人，我能为你效劳什么？"

"您不记得我了吗？我前阵子来过这里，同行的还有一位年轻女士和我最好的朋友。"

"我完全没印象，你说的是什么时候的事啊？"

"三个星期前，吕克还为大家做了烘饼当早餐，你们都爱吃极了。"

"我很爱吃烘饼，反正，所有的甜食我都喜欢。你是哪位呀，啊？"

"您还记不记得，我在沙滩上放风筝，您说我放得不错？"

"风筝啊，你知道吗，我以前是卖风筝的，我就是沙滩那间小杂货店的老板，我还卖其他的东西，救生圈、钓鱼竿……虽然这里没什么鱼好钓，我还是照样卖钓竿，还卖防晒乳。我一辈子在那里看过不少戏水游客，各式各样的人都有……你好啊，年轻人，有什么能为您效劳的？"

"我小的时候，曾来这里度过十多天的假。有个小女孩曾经跟我一起玩耍，我知道她每年夏天都来这里。她跟一般的小女孩不一样，她又聋又哑。"

"我也卖沙滩阳伞和明信片，但是偷明信片的人太多，所以我就停卖了。我会注意到这件事，是因为每一周结束后，我总会有多余的邮票。都是小孩子偷了我的明信片……你好啊，年轻人，我能为您效劳什么？"

我正陷入绝望之际，一名有着相当年纪的老妇人走过来。

"你今天问不出什么结果的，他今天状况不太好。不过他昨天的意识还蛮清楚，他就是这样时好时坏，脑袋已经不清楚了。那个小女孩，我知道她是谁，我都还记得。你说的是小克蕾儿吧，我跟她很熟，但你知道吗，她不是聋子。"

就在我一脸惊愕时，老妇人继续说。

"我可以告诉你全部的故事，但我现在饿了，胃里没东西就没办法聊天。如果你能带我到甜点店里喝杯茶，我们就能好好聊聊。要不要我去拿大衣啊？"

　　我协助老妇人穿上大衣，然后一起走到甜点店去。她选了露台边的位子，还向我讨根烟，不过我没香烟。她交叉双臂，盯着对面人行道上的烟草店。

　　"金牌的就可以。"她对我说。

　　我拿着一包烟和几根火柴回来。

　　"我年底就当医生了，"我对她说，一边帮她点烟，"要是我的教授看到我给您这些东西，我一定会被骂得很惨。"

　　"要是你的教授无聊到会浪费时间来监视我们在这鬼地方的行动，那我会强烈建议你换学校，"她回答，一边点燃一根火柴，"谈到时间，我常搞不懂，我的日子所剩无几，为何要用尽方法来跟我们过不去；禁止喝酒、不准抽烟、不能吃得太油或太甜，就为了让我们活得更久，但所有这些站在我们的立场、为我们着想的专家，夺去的是我们活着的欲望啊！当我在你这个年纪时，我们多么自由，当然，可以自由地快速杀死自己，但也能自由地活下去。我可是想借由你迷人的陪伴来对抗医疗，如果不会太麻烦的话，我蛮想来一块莱姆酒水果蛋糕。"

　　我点了一块莱姆酒水果蛋糕、一个咖啡口味的闪电面包和两杯热巧克力。

　　"啊，小克蕾儿，你一提到我就想起她了。当时我经营一家书店，你看到了吧，做生意的小商人，就是落得这样的下场啊！我们经年累月为大家服务，但一旦退休了，根本没有一个人来看我们。我向客人道了无数个日安，无数个谢谢，无数个再见，但自从我离开店里，两年来连一个访客都没有。在这弹丸之地的穷乡僻壤，难不成大家都以为我跑到月球上去啦？小克蕾儿啊，她真是个有礼貌的孩子。我可是看过不少教养很差的孩子，要知道，教养不好的孩子可远不及教养差的父母多。她的话，我还能原谅她没办法跟我说谢谢，至少她有很好的理由。啊，对了，你该知道她还会用写的方式来表达。她常到书店来，总是看着一堆书，从中挑选一本，然后坐在角落读。我先生很喜欢这个小女孩，他会预先帮她把一些书放在旁边，只为她哦！每次离开的时候，她都会从口袋里掏出一张小字条，她在上面涂鸦般地画着：'谢谢女士，谢谢先生。'不可思议吧？想象一下，如果她既不聋又不哑，那会如何。对了，小克蕾儿患了某种自闭症，是她的脑子里出了问题。她其实什么都听得到，只是一个字也吐不出来。你知道是什么把她从闭锁的监牢里解放出来的吗？是音乐，猜得到吗？这是一段美丽又悲伤的故事。

　　"你会不会猜想这一切该不会是我编造出来，只为了骗你送我一包香烟和一块莱姆酒水果蛋糕？放心，我还没到那种地步，至少目前还没有，也许再过几年就说不定。但如果真会有那么一天，我倒宁愿上帝在那之前就先把我的命取走，我可不想变得跟杂货店老板一样。说到他啊，这也不是他的错啦，换成是我，我也宁愿神志不清算了。当你劳碌了一辈子把孩子养大，却没有一个孩子愿意来看你，或者没时间打电话给你，那还不如疯了，不如从记忆里把所有回忆抹掉算了。不过你关心的应该是小克蕾儿，而不是小杂货店老板。刚才我谈到顾客忘恩负义，谈到我们服务了一辈子，他们却一副在市场看到你却认不出来的样子，唔，没错，也许我不该一竿子打翻一船人。我先生出殡那天，她就出现在那里。当然，正如我跟你说的，她是一个人来的。我一开始还没认出她，应该说对我而言她长大了，变得太多，换句话说，就像你一样。我也知道你是谁，放风筝的小男孩嘛！我会知道你是因为每一年，只要小克蕾儿回到小镇，她都会来看我，还用小字条问我放风筝的小男孩有没有回来。那就是你，对吧？我先生的葬礼当天，她站在送葬队伍后面，如此纤细、朴素又不引人注意。我还一度想说她是谁。当她倾身在我耳边，对我说'布夏太太，是我，我是克蕾儿，很遗憾，我很喜欢您先生，他曾对我如此友善'时，你可

以想象我有多惊讶。我本来就已热泪盈眶，而她这番话让我的
泪珠纷纷夺眶而出。哎呀，光是重述这个画面，就又让我感动
不已。"

　　布夏太太用手背擦擦眼睛，我递给她一条手帕。

　　"她抱了抱我，然后就离开了。三百公里的路程来，三百公
里的路程回去，仅仅是为了向我先生致意。你的克蕾儿，她可是
位演奏家呀！啊，真抱歉，我话说得颠三倒四。等等，让我先想
想我刚刚说到哪里了。你再也没回来的那个夏天，小克蕾儿破天
荒跟父母要求一件可怕的事——她想当大提琴家。你可以想象她
母亲的表情吧！能想象这对她造成多大的痛苦吗？耳聋的孩子
想成为一名音乐家，这就好像一个双腿残疾的人，却梦想成为
一名走钢索的杂技演员。在书店里，她从此只看与音乐相关的
书籍，每次她父母来接她，就会被那情景打动一次。最后是克
蕾儿的父亲鼓起了勇气，他对太太说：'如果这是她想要的，
我们会为她找到方法来达成愿望。'他们帮她注册了一所特殊
学校，有专门的老师训练儿童，让他们把耳机戴在脖子上，以
感受音乐的振动。哎，我真是对现代不断进步的新发明感到无
比惊叹啊！通常我是比较反对这些的，但是这个，我得承认，
这还蛮有用的。克蕾儿的老师开始教她学习乐谱上的音符，这

也正是奇迹发生之处。克蕾儿，这孩子从未正确复诵出一个字，竟然能完全正常地发出do-re-mi-fa-sol-la-si-do。音阶从她口中吐出来，就像火车从隧道里冲出来一样。而我能告诉你的是，这下子，换成她的父母吓得发不出声音了。克蕾儿学了音乐，她开始唱歌，歌词穿插在音符中。正是大提琴将她从牢笼中解救了出来，利用大提琴来越狱，这可不是每个人都能做得到的！"

布夏太太用小匙搅了搅热巧克力，喝了一口再把杯子放下。我们静默了好一会儿，两个人都迷失在自己的回忆里。

"她进入了国立音乐学院，她还在那里就读。想找她的话，换我是你，我会从那里开始找起。"

我帮布夏太太采购了一些油酥饼和巧克力当存粮，我们再一起穿过马路，为她买了一条香烟，然后我陪她回到旅馆养老院。我向她承诺会在天气晴朗时回来看她，并带她到沙滩散步，她叮嘱我路上小心并且记得系上安全带。她还加上一句，说是在我这个年纪，还蛮值得小心照顾自己。

我在凌晨离开，在夜里开了好长一段路，回到城里，刚好来得及还了车子并且赶上上班时间。

＊　　＊　　＊

回到城里，我脱下白袍变身私家侦探的穿着。音乐学院离医院有段距离，但我可以坐地铁到那里，只需要换两班车，就能抵达巴黎歌剧院广场，音乐学院就在正后方。但问题出在我的时间上：期末考快到了，在读书及值班的时间之外，能抽出空的时间都太晚了。我硬是等了十天，才能赶在音乐学院关门前赶过去。当我因为在地铁长廊跑得上气不接下气，气喘吁吁地抵达时，大门都已关上了。警卫要我改天再来，我求他让我进去，我一定得到秘书处去。

"这个时间已经没有人啦，要是为了递行政文件，得在下午五点以前再来。"

我向他坦承不是为了这件事而来，我是医学院的学生，到这里来是为了别的原因，我想找一名因为音乐而改变了人生的年轻女子，音乐学院是我掌握的唯一线索，但我得找到人打听消息。

"你就读医学院几年级？"警卫问我。

"再过几个月我就当实习医生了。"

"再过几个月就当实习医生的人，是不是有能力帮人看一下

喉咙？十天来，我的喉咙每次吞东西就灼痛，但我又没时间也没
钱去看医生。"

　　我表示愿意帮他看诊。他让我进去，到他的办公室里看诊。
不到一分钟我就诊断出他患了咽峡炎，我建议他第二天到急诊部
来找我，我会开处方笺给他，让他到医院附属的药局去领抗生
素。为了报答我，警卫问我要找的女孩的名字。

　　"克蕾儿。"我告诉他。

　　"姓什么？"

　　"我只知道她的名字，不知道姓氏。"

　　"我希望你不是在开玩笑。"

　　但我脸上的表情显示出我是认真的。

　　"听着，医生，我真的很想回报你，但要知道，在这栋大楼
里，每年开学都有超过两百名新生，有些人只待了几个月，有些
则在这里一路读了好几年，而有些人甚至进入隶属音乐学院之下
的不同的音乐培训机构。光是近五年来，注册名单里就登记了上
千人，我们是依据姓氏来分类而不是名字。要找到你的……她叫
什么名字来着？根本无异于大海捞针。"

　　"克蕾儿。"

　　"啊，对，但真可惜，只知道叫克蕾儿却不知道姓氏……我

没办法帮上忙，我为此感到抱歉。"

我离开时的恼火程度，和警卫愿意为我开门时的喜悦同样高昂。

不知道姓氏的克蕾儿。这就是你在我生命里的角色，我童年时的小女孩，今日蜕变成了女人，一段青梅竹马的回忆，一个时间之神没有应允的愿望。走在地铁的长廊里，我又看到你在防波堤上，跑在我的前面，一边拉着在空中盘旋的风筝。不知道姓氏的克蕾儿，会在天空中画出完美的"8"和"S"。有着大提琴音色般笑声的小女孩，她的影子没有出卖她的秘密而向我求援；不知道姓氏的克蕾儿，却对我写下："我等了你四个夏天，你没有信守诺言，你再也没有回来。"

回到家，我看到老是臭着一张脸的吕克，他问我为何脸色苍白。我向他述说了造访音乐学院的经过，以及我为何无功而返。

"你要是这样继续下去，一定会把考试搞砸。你一心想着这件事，只想着她。老兄，你根本是疯了才会去追寻一个幽灵。"

我控诉他形容得太夸张。

"我在你去浪费光阴时打扫了一下，你知道我从废纸篓里发现了多少张废纸吗？数十张，既不是课堂摘要，也不是化学公式，而是一张张素描的脸孔，全都一样。你很会画素描是不是？最好能利用你的天分去做解剖图速写啦！你到底有没有至少想到，该告诉警卫你的克蕾儿是学大提琴的？"

"没有，我压根没想到这一点。"

"你根本就是蠢毙了！"吕克咕哝着，瘫倒在扶手椅上。

"你怎么知道克蕾儿演奏大提琴？我从来没跟你提过这一点。"

"十天来，我被罗斯托波维奇❶唤醒，听着他吃晚餐，又听着他入睡。我们再也不交谈了，大提琴的声音替代了我们的对话，而你竟然问我是如何猜到的！对了，要是真让你找到克蕾儿，谁能保证她认得出你？"

"如果她认不出我，我就放弃。"

吕克盯着我片刻，突然用拳头敲了一下书桌。

"向我发誓你会做到！以我的脑袋起誓，不，更确切一点

❶罗斯托波维奇（Mstislav Rostropovich,1927—1997），俄罗斯大提琴家，20世纪继卡萨尔斯之后最杰出的大提琴演奏家。

儿，以我们的友谊来向我发誓，如果你们相遇了，而她没有认出你，你就会一辈子跟这个女孩划清界限，而你会立刻变回我熟悉的那个人。"

我点点头表示同意。

"我明天不上班，我会到医院拿一些抗生素，然后帮你拿去给音乐学院的警卫，我会趁机试试看能不能探听到更多消息。"吕克承诺。

我谢过他，并提议带他出去吃晚餐。我们没什么钱，但是在廉价的小餐馆里，我们就不会听到大提琴的音乐。

我们最后落脚在附近的一家小酒馆，然后喝得醉醺醺地回家。当吕克因为酒醉头晕，坐在路边的长椅上休息时，他向我坦承了他的窘境。他做了一件蠢事，他对我说。但他立刻发誓，他不是故意的。

"什么样的蠢事？"

"我前天在餐饮部吃午餐，苏菲也在那里，所以我和她同坐一桌。"

"然后呢？"

"然后她问我你近来如何。"

"你怎么回答？"

"我回答说你糟到不行，然后因为她很担心，而我又想安抚她，所以我不小心泄露了一两个字，提及你忧心的事。"

"你该不会跟她说了克蕾儿的事吧？"

"我没有提到她的名字，但我很快就意识到我透露得太多了，不小心说漏了嘴，提到你现在满脑子都在找寻你的灵魂伴侣。但我立刻就以开玩笑的方式加上一句，你当年遇到她的时候才十二岁。"

"苏菲当时有什么反应？"

"你应该比我更了解苏菲，她对所有事情都会有反应。她说她希望你得到幸福，因为你值得，你是个很棒的家伙。我很抱歉，我不应该这么做的，但是你千万别以为我做出这件蠢事的背后有什么居心，我没有这样的心机。我当时只是在生你的气，所以才降低了戒心。"

"你当时为什么生我的气？"

"因为苏菲在对我说出这些话时非常真诚。"

我把吕克的手臂搭在我的肩上，搀扶着他上楼。我将他安置在我的床上，他已经醉死了，我则瘫倒在他的被褥上，睡在我们套房的窗边。

＊　＊　＊

吕克信守承诺。我们喝完酒次日，尽管还有宿醉的后遗症，他依然到医院来找我，又到附属药局拿了抗生素，送到音乐学院去。每当吕克想要得到某些东西时，他就有办法得到别人的同情，而他的这项天赋对我而言始终是个谜。他的诱骗功力，没有人能抵挡得了。

吕克把药交给警卫，又和警卫谈论他的工作，并鼓励他聊聊生活趣事。在短短一小时之内，就获知了查阅音乐学院注册名单的可能性。警卫把名单放在一张桌子上，而吕克以一名专业调查员的精确手法进行搜查。

他从入学登记册中克蕾儿最有可能注册的那两年进攻。他一页一页仔细研究，全神贯注地拿着尺子，顺着学生名单在纸上一行一行滑来滑去。经过了大半个下午，他停顿在标注着克蕾儿·诺曼的那一行上：古典乐一年级，主修大提琴。

警卫任由吕克查阅克蕾儿的档案，吕克则承诺，如果警卫的喉咙几天后依然疼痛，他会再为他带药来。

＊　　＊　　＊

　　夜幕低垂，华灯初上。吕克出现的时候，我正趁着急诊部平静的时刻，到医院对面的小咖啡厅觅食。吕克坐到我这一桌，拿了菜单，连跟我道声晚安都没有，就点了前菜、主餐和甜点。

　　"这一餐你得请我。"他说，一面把菜单还给女侍者。

　　"我哪儿来的荣幸？"我问他。

　　"因为像我这样的朋友，你再也找不到第二个了，相信我。"

　　"你发现了什么？"

　　"要是我告诉你，我有两张星期六比赛的门票，我猜你应该一点儿都不会在乎吧？正好，因为星期六，你的克蕾儿在市府剧院演奏。曲目是德弗札克大提琴协奏曲以及第八号交响曲。我成功为你要到一个第三排的位置，你可以近距离看到她。别怪我不愿意陪你去，我已经受够了大提琴，未来一百年都不想再听到。"

＊　　＊　　＊

　　我翻箱倒柜找寻适合晚上穿的衣服。其实，我只要把衣柜门打开，就能一目了然地看尽我的衣物。我总不能穿绿色长裤配白色罩袍去听音乐会吧！

＊　＊　＊

百货公司的专柜小姐推荐我穿蓝色衬衫配暗色西装外套，以搭配我的法兰绒长裤。

市府剧院的音乐厅很小：百来张坐椅呈半圆形排列，一个不到二十英尺长的舞台，刚好容得下当晚所有演奏的音乐家。乐团指挥先在一片掌声中向观众问好，音乐家呈队形鱼贯由舞台右侧进场。我的心跳开始加速，咚、咚、咚，如击鼓般一路敲到太阳穴。音乐家们花了不到一分钟便各就各位，快到让我来不及辨认出日思夜寻的那抹倩影。

厅内陷入一片漆黑，指挥举起指挥棒，几个音符依序响起。乐团的第二列坐着八位女性音乐家，一张面孔攫住我的视线。

你和我想象中如出一辙，不过更有女人味也更美丽，一头垂肩的秀发，似乎在你拉大提琴琴弓时有些妨碍。一片合奏声中，我无法辨识出你的乐音。然后你的独奏时刻来临，仅仅几个音阶、几个音符，我便天真地沉溺在你正为我独奏的幻想中。一小时流逝，我的双眼须臾不曾离开你，当全场起立为你们鼓掌，我是其中狂喊bravo❶最大声的人。

我确信你的视线曾与我交会，我向你微笑，笨拙地微微以手势向你示意。你面向观众，和同仁一起弯腰鞠躬，布幕落下。

我揣着兴奋不安的心，在演奏者专属的出口等你。在通道尽头，我警戒以待铁门打开的瞬间。

你身着一袭黑裙翩翩现身，一抹红色丝巾系在发间，一个男人搂着你的纤腰，你正朝他甜甜地笑。我仿如心碎，感觉自己无比脆弱。我看着你依偎着这名男子，用我魂牵梦萦中你看我的眼光看着他。伴在你身边的他如此高大，而孤身在走道中的我显得如此渺小。我多愿倾出所有，只求变身为你身旁的男子，但我只能是我，那抹你童年时曾经爱过的影子，那抹已成人的我的影子。

走近我面前时，你盯着我看，"我们认识吗？"你问。你的声音如此清澈，如同多年前你尚不能言语时，你的影子向我求

---

❶bravo：（喝彩声、叫好声）好哇！干得好！

助发出的心声。我回答我纯粹是来听你演奏的听众。你有点不好意思，问我是否想要你的签名，我含糊答是。你向你的朋友要了笔，在纸上涂鸦般签上你的名字，我谢过，你于是挽着他的手臂飘然离去。在你转身远走之际，我听到你脱口说出很高兴有了第一号粉丝，然而从你自走道尽头飘来的银铃笑声里，我却再也听不到曾经熟悉的大提琴音色。

*   *   *

　　我回家时，吕克在大楼门口等我。

　　"我从窗口看到你回来的落寞身影及神色，自忖不该再让你孤零零走楼梯回家。我猜想事情的发展不如你预期，我很抱歉，但你知道的，这也是预料中的事。别烦了，兄弟，来吧，别杵在那儿，我们走一走，你会好过一点儿。我们不一定要交谈，不过你若想聊聊，我就在你身边。你放心，等到明天，伤就不会那么痛了；而后天，你就会把这件事忘得一干二净。相信我，失恋一开始总是很痛，但随着时间流逝，一切都会过去，痛苦也是一样。来吧，老友，别在那边自哀自怜了，明天，你会是个很棒的医生，她根本不知道她错过了这么好的男人。你等着，有一天，你会找到你的'真命天女'，世上又不是只有伊丽莎白和克蕾儿两个女人，你值得更好的！"

＊　＊　＊

我遵守对吕克的承诺，与童年的回忆划清界限，全力在学业上冲刺。

有时候，吕克、苏菲和我会在晚上聚首，一起温习功课。苏菲和我为了实习医生国考奋斗，吕克则为医学院一年级期末的晋级考而努力。

结果出炉，三个人都成功通过考试，我们理所当然地为此大肆庆祝了一番。

这个夏天，苏菲和我都没有假期，吕克则与家人共度了两个星期。他收假回来时神采奕奕，还胖了几公斤。

秋天，妈妈来看我，她交给我一个装满了全新衬衫的小行李箱，并向我道歉没办法到我的套房帮我整理。她的膝盖越来越痛，爬楼梯对她而言太过吃力。于是我们沿着河岸散步，我担忧地看着她边走边喘，但她捏捏我的脸颊，笑着说我得接受眼看着她变老的事实。

"有一天你也会这样，"当我们在她最喜欢的小餐馆吃完晚餐时，她对我说，"在这之前，好好享受青春吧，你不知道它流逝得多快速。"

然后，她再次趁我未来得及拿起账单前，一把抢过去结了账。

当我们漫步朝着她投宿的小旅馆走去时，她向我提到家里的房子。她花上一整天的时间重新粉刷每一个房间，即使对她而言，她耗在上面的精力让她有点疲劳。她向我招认动手整理了阁楼，还留了一个她找到的盒子给我，要我下次回家时到楼上看看。我很想多探出一点盒子的消息，但妈妈始终保持神秘。

"你回来的那天就会看到啦！"在小旅馆前，她亲了亲我的脸颊，对我说。

晚餐后次日，我送她到火车站。她厌倦了大城市，决定提早回去。

* * *

友情之中，有些事不可言说，仅能臆测。吕克和苏菲走得越来越近。吕克总能找到适当的借口邀请苏菲加入我们。这有点像当年的伊丽莎白和马格悄悄地一周接着一周往班上的后排位子挪近一样，不过这次我可是留意到了。除了有几个晚上吕克为我们做晚餐之外，我越来越少看到他。我的实习医生申请通过了，而他的担架员工作时数却得不断增加，以支付他的学费。

我们开始在房间的桌上互留字条，互祝对方有个愉快的一天或夜晚。吕克常常去探访楼上的邻居。有一天，他听到一记重响，因为担心她摔倒，他急忙冲到楼上去。艾丽斯好得很，她不过是在大扫除，把过去的一切都清理掉。她疯狂地打扫，清理了满满的相册、一大堆文件档案和一连串有纪念价值的回忆。

"我才不会把这些东西带进坟墓里。"她朝吕克大喊，神情愉悦地为他打开大门。

吕克被屋里一团乱的状况逗乐，贡献了整个下午敦亲睦邻。她负责装满一个又一个的塑料袋，吕克则帮忙把袋子拿到楼下，扔进大楼的垃圾桶。

"我才不要满足我的孩子，让他们在我死后才开始喜欢我！他们只能在我活着的时候这么做！"

从这不寻常的一天开始，他们之间便产生了默契。每次我和艾丽斯在楼梯间相遇，我跟她打招呼时，她都会要我向吕克问好。吕克则被她坚强的性格征服，开始会抛下我，转而陪她度过傍晚。

* * *

圣诞节快到了，我尽了一切努力，希望获得几天假期回家看妈妈，不过遭到主任拒绝。

"你是否没注意到'实习'的含义？"当我向他提出请求时，他回答，"当你成为正式医生时，就可以在节日时回家，并且可以像我一样，指名要实习医生来代班。"他还用一种让人很想掴他耳光的语气加上一句，"有点耐心和坚持，只要再熬个几年，就换你回家享用火鸡大餐啦！"

我把结果告诉妈妈，她立刻原谅了我。还有谁比她更能了解实习医生的心酸呢？更何况总医生还是个盛气凌人、目空一切，又自视甚高的家伙。如同我每次发脾气的时候一样，妈妈总是能找到适当的字眼来安抚我。

"你记不记得，有一次我因为无法出席你期末的颁奖典礼而难过，还记得你当时跟我说了什么吗？"

"下一年还会有另一场颁奖典礼啊！"我在话筒这一头回答。

　　"我亲爱的，所以明年肯定还会有另一个圣诞节，如果你的上司一直都这么不可理喻的话，别担心，我们可以改在一月份庆祝圣诞。"

　　距离节日还有几天，吕克已经在准备行李，他在行李箱里放了比平常更多的衣物。每次我转过身，他就把毛衣、衬衫、长裤，甚至一些非季节性的衣物堆进行李箱。我终于注意到他的打包行为和他略显尴尬的神情。

　　"你要去哪里？"

　　"回我家。"

　　"你有必要为这短短几天的假期搬一趟家吗？"

　　吕克倒进扶手椅中。

　　"我的人生缺少某些东西。"他对我说。

　　"你缺少什么？"

　　"我的生活！"

　　他双拳互握，紧盯着我，然后接着说下去。

　　"我在这里不快乐，老伙计。我曾经以为，当上医生能改变我的处境，我的父母会以我为荣——面包师傅的儿子成为医生，这会是个多美好的故事！只有一件事例外，即使有一天，我成功当上最伟大的外科医生，相较于我爸爸，我也永远无法望其项背。我爸爸或许只是做面包的，但你要看到那些在清晨第一时间来买面包的人，他们竟然如此快乐。你还记得在海边小旅馆的那些老人吗？我曾为他们做过烘饼，而我爸爸，他每天都在创造这种奇迹。他是一位谦虚又低调的男人，不会说太多话，但他的双眼已道尽了一切。当我在烘焙房里跟他一起工作时，我们有时一整夜都不说话；然而在揉面团时，我们会肩并肩站在一起，彼此分享许多东西。他是我的标杆，是我想成为的对象。他想让我学会的技艺，正是我想从事的工作。我告诉自己，有一天，我也会有孩子，我知道如果我和我爸爸一样，成为一名很棒的面包师傅，我相信我的孩子会以我为荣，就如同我以我爸爸为荣。别生我的气，圣诞节过后，我不会再回来了，我要终止医学院的课业。等一下，你什么都别说，我还没说完。我知道你介入了某些事，也曾跟我爸爸谈过，这不是我爸告诉我的，是我妈妈。我在这里度过的每一天，包括那些你真的惹得我很生气的日子，我都打心底感谢你，谢谢你给我机会到医学院进修。多亏了你，我现在才知道什么事我不想做。你回乡下的时候，我会为你准备好巧克力面包和咖啡口味的闪电面包，我们会一起分享，就像从前那样。不，比从前更好，我们会一起品尝，就像未来那样。好了，我的老友，这不是永别，只是再见。"

　　吕克抱了抱我，我感觉到他好像流了点眼泪，我想我也一样。好蠢，两个大男人靠在彼此的怀里啜泣。也许不尽然，毕竟我们两个是感情好得像兄弟的朋友啊！

　　离开之前，吕克还向我坦承了最后一件事。我帮他把行李堆满了老厢型车，他坐上驾驶座，关上车门，然后又摇下车窗，以一种严肃的语气对我说："嗯，我有点不太好意思问你这件事。不过，现在你和苏菲之间的关系应该已经很清楚了。不是啦，我想说的是，现在她很确定你们之间只是朋友关系了。那么，如果我时不时打电话给她，你会不会介意？你或许不会相信，但正是在海边的那个该死的周末，当你在扮演灯塔守护者和放风筝时，我和她谈了许多。当然，我也可能会错意，不过我当时真的感受到我们之间有电流通过，就是一种意气相投的感觉，你懂我说的意思吧？所以，如果你不介意的话，我很快就会再来看你，也会趁机邀请她来晚餐。"

　　"全世界所有的单身女孩中，你就非得爱上苏菲不可？"

　　"我就说了啊，如果你不介意的话，不然我还能怎样……"

　　汽车启动，吕克隔着车窗挥挥手，做出再见的手势。

偷 影 子 的 人
Le voleur d'ombres

青少年时期，我们总梦想着离开父母的一天，而改天，却换成父母离开我们了。于是我们就只能梦想着，能否有一时片刻，重新变回寄居父母屋檐下的孩子，能抱抱他们，不害羞地告诉他们，我们爱他们，为了让自己安心而紧紧依偎在他们身边。

用风筝写下的思念

一个会用风筝向你写出"我想你"的女孩啊，

真让人永远都忘不了她。

　　我被大量的工作吞噬，浑然不觉时光流逝。每个星期三，苏菲会和我一起共度，纯友谊式的晚餐，偶尔看场电影，将彼此的孤单抖落在昏暗的电影院里。吕克每个星期都写信给她，全是趁他爸爸坐在椅子上，靠着面包店的墙打瞌睡时，他抽空写下的只言片语。苏菲每次都会把其中提及我的几行给我看，吕克总是致歉说没有时间写信给我，但我知道这是他的方式，好让我知道他和苏菲的书信往来。

　　套房里很安静，甚至对我而言太安静了。我有时会环顾四周，我们三个人曾经在这里共度了那么多个夜晚，一起盯着厨房半掩的门，期望吕克从那里冒出来，端着一盘面或他拿手的焗烤。我曾答应他一件事，也认真地遵循了。每个星期二及星期六，我会上楼探望邻居，花一小时的时间陪陪她。几个月后，她向我保证，我已经比她的亲生孩子还要了解她的人生。

探访有个好处：本来拒绝吃药的她，在面对我所代表的医学权威下屈服了。

　　某个星期一晚上，我因为许下的一个愿望得偿所愿而大大吃了一惊。一回家，我就在楼梯口闻到了一股熟悉的香味。才打开房门，我就看到吕克穿着围裙，地上摆了三副餐具。

　　"啊，对了，我先前忘了把钥匙还你！不过我可不想待在楼梯口等你回来。我准备了你最爱吃的焗烤通心粉，你可以边吃边告诉我你的近况。我知道，有三副餐具，我自作主张地邀请了苏菲。对了，你能不能帮我看一下厨房，我得去洗个澡，她再过半小时就到了，我却连换衣服的时间都没有。"

　　"至少先跟我道声好吧！"我回答他。

　　"千万别打开烤箱！一切就交给你了，我需要差不多五分钟。你能不能借我一件衬衫？"他边说边在我的衣橱里乱翻，"咦，蓝色这件不错。你记得面包店是星期二休息吧？我是趁'公休日'赶过来的。我在火车上狂睡，所以糟得像只蟑螂一样。不过重回这里的感觉还真是特别。"

　　"我看到你倒是非常高兴。"

　　"啊哈，终于说出口啦，我还想说你会不会说出来呢！还缺一条长裤，你应该有长裤可以借我吧？"

吕克脱下我的浴袍丢在床上，套上他选好的裤子。他在镜子前梳理头发，把一绺掉落在前额的头发整理好。

"我应该剪头发了，你觉得呢？你知道吗，我开始掉头发了，这好像是遗传造成的。我爸的头顶已经秃得像专给蚊子降落用的飞机场一样，我想我的头顶很快也会继承到秃出一条飞机跑道。你觉得我这样如何？"他转过身来问我。

"你想知道的应该是依'她'看来如何吧？苏菲一定会觉得，你穿我的衣服性感极了。"

"你在想什么啊？只不过是因为我很少有机会脱掉围裙，难得一次盛装打扮，我很高兴，如此而已。"

苏菲按门铃，吕克急忙去迎接她。他眼中闪烁的火花，比我们童年时成功恶整到马格的时候耀眼多了。

苏菲身穿一件海军蓝毛衣和一件及膝格子裙，都是她当天下午在旧衣店买来的。她问我们对她这身带点复古风的打扮评价如何。

"超适合你。"吕克回答。

苏菲似乎对他的评价感到很满意，因为她完全没等我回答，就随着吕克走进厨房。

用餐时，吕克向我们承认，他有时也会怀念当初学生生活的某些时刻，但他立刻澄清说，绝对不是解剖室，也不是医院的长廊，更不是急诊部，而是那些像我们此刻般一起用餐的夜晚。

用过晚餐，我留在家里。这一次，是吕克到苏菲家里过夜。离开前，他承诺春天结束前会再来看我。然而，人生总是常常事与愿违。

妈妈在之前的一封信里宣称三月初会来看我。为了她的到来，我提前在她最钟爱的小餐馆订了位子，还坚持跟上司协调，休了一天的假。星期三早晨，我到车站接妈妈下火车，车厢里的乘客都走光了，妈妈却不在旅客群当中。突然，吕克出现在月台上，他一件行李都没带，僵直地站在我对面。从他泫然欲泣的表情中，我立刻明白世界已经崩溃，一切再也和之前不一样了。

吕克慢慢走近，我真希望他永远不要走到我面前，不要说出他准备好要说的话。

一波人潮将我包围，是一群要朝车站大门前进的旅客。我真希望成为他们中的一员，在我的世界瞬间停摆的此刻，还能觉得地球可以继续转动，仿佛什么事都不曾发生。

吕克说："兄弟，你妈妈过世了。"我顿时感到一把利刃狠狠割裂了我的五脏六腑。当呜咽将我攫获，吕克把我拥进怀里，我至今仍然记得，我当时在月台上迸出一声嘶吼，一声打从童稚深处呐喊而出的号叫。吕克紧紧抱住我，不让我倒卧在地，他低声对我说："叫吧，尽情叫吧，我就在这里，老友。"

　　我再也不能看到你，再也不能听到你叫我的名字，就像从前每天早上你所做的那样。我再也嗅不到你衣服上适合你的香味，再也不能与你分享我的快乐与忧伤。我们再也不能互相倾诉，你再也无法整理插在客厅大花瓶中的含羞草，那是我一月底为你摘来的。你再也不会戴夏天的草帽，不能披秋天第一波寒流来袭时你披在肩上的克什米尔披肩。你再也不会在十二月的雪覆盖花园时点燃壁炉。你在春天来临前离去，毫无预警地抛下我。在月台上得知你已不在时，我感觉到一生中前所未有的孤单。

　　"我妈妈今天死了。"这句话，我重复了上百遍，却不论说了几百次都无法相信。在她离世当天缺席的遗憾，我永远都无法摆脱。

　　在火车站的月台上，吕克向我说明了事发经过。他先前向我妈妈提议，要到家里接她，送她去坐火车，所以是他发现妈妈冷冰冰地倒卧在门前。吕克虽然呼救，但为时已晚，她在前一晚就已辞世。她很可能是在出去关百叶窗时昏倒，因心脏停止跳动而骤逝。妈妈躺在花园的土地上度过了最后一夜，瞪大了眼睛看着天上的星星。

我们一起坐上火车回去。吕克静静地看着我，我则望着窗外飞逝的景色，想着妈妈曾经多少次坐车来看我时，欣赏过同样的风景。我甚至忘了取消之前在她最喜欢的小餐馆的订位。

她在殡仪馆等着我。妈妈真是体贴得令人难以置信。葬仪社的负责人告诉我，她早已打点好了一切。她躺在棺木里等着我，肤色苍白，绽放着一丝安心的微笑，这是妈妈的方式，用来告诉我一切都会顺利度过，而她一直看顾着我，就像当初开学第一天那样。我把唇印在她的脸颊上，献给妈妈最后一吻，就像童年的幕布永远落下。我整夜都在为妈妈守灵，如同她曾经守护着我度过了无数个夜晚。

青少年时期，我们总梦想着离开父母的一天；而改天，却换成父母离开我们了。于是我们就只能梦想着，能否有一时片刻，重新变回寄居父母屋檐下的孩子，能抱抱他们，不害羞地告诉他们，我们爱他们，为了让自己安心而紧紧依偎在他们身边。

神甫在妈妈的墓前主持弥撒。我听着他讲道，他说人们从来不会失去双亲，即使过世后，他们还是与你们同在。那些对你们怀有感情，并且把全部的爱都奉献给你们，好让你们替他们活下去的人，会永远活在你们的心中，不会消失。

牧师说得固然有理，但一想到世上已经再也没有他们的呼吸之地，你将再也听不到他们的声音，而童年老屋的百叶窗将会永远合上，你就会陷入连上帝也无法感受的孤寂里。

我从未停止思念妈妈，她存在于我生命里的每一刻。看到一部电影，会想到她可能会喜欢；听到一首歌曲，会想到她会哼唱。而风和日丽的日子里，闻到一个女人路过时，空气里飘来的香味，也会让我想到她；我甚至偶尔还会低声跟她说话。牧师说得有理，不论信奉上帝与否，一位母亲绝不会全然死去，她会永垂不朽，在她爱过的孩子心中。我希望有朝一日换我养育孩子时，也能在孩子心中赢得永恒的地位。

几乎整个村子的人都出席了葬礼，就连马格也出乎我意料地出现。他胸口披挂着皮绶带，这个笨蛋竟然成功当选了村长。吕克的爸爸为了参加葬礼而关了店。女校长也来了，她已经退休很久了，但她哭得比其他人还惨，而且一直称我为"我的小亲亲"。苏菲也来了，吕克通知了她，所以她搭早上第一班火车赶来。我也说不上来为什么，看到他们俩手牵着手，带给我一股莫大的安慰。送葬队伍解散后，我一个人孤零零地站在墓前。

我从皮包里拿出一张从未离身的照片，一张爸爸抱着我的照片。我将它放在妈妈的墓前，为了在这一天，最后一次看到我们一家三口团圆在一起。

葬礼过后，吕克用他的老厢型车把我载到家门口，他最后买了这台当年租的同款汽车。

"要不要我陪你进去？"

"不用了，谢谢你，你跟苏菲留步吧！"

"我们不能就这样丢下你一个人，尤其在这样的夜里。"

"我想这正是我渴望的。你知道，我已经好几个月没有踏进这里，而且，我还能从墙壁上感受到她的存在。我向你保证，即使她睡在墓园，我也要与她共度这最后一夜。"

吕克犹豫着要不要离开。他笑了笑，对我说："你知道吗，在学校里，我们全都迷恋你妈妈。"

"我不知道这件事。"

"她不是班上同学的妈妈中最美的，但我相信就连笨蛋马格都喜欢她。"

这个笨蛋成功地让我挤出了一丝微笑。我下了车，看着他驱车远去，才走进屋内。

*   *   *

我发现妈妈并未重新粉刷房子。她的医疗文件放在客厅的小矮桌上，我拿起来翻阅，一看到她的超音波上显示的日期，我就全都明白了。她所谓的与朋友到南部度假一周，根本就不曾有过——她从冬季末心脏就有问题。在我和吕克及苏菲到海边度假的期间，她正入院接受检查。她编造了这趟旅行，因为不想让我为她担心。我学医原是为了照顾妈妈所有的病痛，却竟然没察觉出她已经生病了。

我走到厨房，打开冰箱，看到她准备好的晚餐……

我呆若木鸡地站在敞开的冰箱前，眼泪失控地奔流而下。葬礼全程我都没有哭泣，仿佛她禁止我哭，因为她希望我不要在众人面前失态。只有碰到毫不起眼的小细节时，我们才会突然意识到，深爱的人已经不在的事实：床头桌上的闹钟仍在滴答作响，一个枕头落在凌乱的床边，一张照片立在五斗柜上，一支牙刷插在漱口杯中，一只茶壶立在厨房的窗台上，壶嘴面向窗户以便观看花园，而摆放在桌上的，还有吃剩的淋了枫糖浆的苹果卡卡蛋糕。

我的童年曾在这里，消散在这栋满是回忆的屋子里，回忆里有着关于妈妈、关于我们一起生活过的点点滴滴。

*　*　*

　　我想起妈妈曾跟我提到她找到一个盒子，在满月的夜里，我爬上阁楼。

　　盒子就放在地板上明显的地方，盒盖上有一张妈妈亲笔写的字条。

我的爱：

　　上次你回来时，我听到你爬上阁楼的声音，我相信你还会再来，所以把我们最后的约会订在这里。我很确定你有时还会与你的影子交谈，不要以为我是在嘲笑你，只因为这让我回想起你的童年。小时候，你去上学时，我会借着帮你整理房间的名义，走进你的房间，整理床铺时，我会拿起你的枕头，嗅一嗅你的味道。你不过离家五百米，我就已经想念你了。你看，一个妈妈的心就是如此单纯，永远都在想念着她的孩子。从睁开眼睛的第一秒，你们就占据了我们全部的思想，再也没有别的事物能让我们感受到如此的幸福。我远远谈不上是一位最优秀的母亲，你却是一个好得完全超出我期待的儿子，而你将会成为一名优秀的医生。

这个盒子属于你，它本来不应该存在，我祈求你的原谅。

爱你并且会一直深爱着你的妈妈

我打开盒子，从中找到所有爸爸之前寄给我的信，在每一个圣诞节以及每年我的生日。

我在天窗前盘腿坐在地上，看着月亮在夜里升空，我把爸爸的信紧紧拥在胸前，喃喃地说："妈妈，你怎能如此对我！"

然后我的影子在地板上延伸，我依稀看到影子旁边有妈妈的身影，她对着我又哭又笑。月亮继续巡视人间，而妈妈的影子渐渐隐去。

我完全无法入眠。我的房间如此安静，隔壁房间再也不会传来声响，我曾经习惯的声音已经消失，帏幔的褶皱悲伤地纹丝不动。我看了看手表，吕克凌晨三点休息，我想去看看他。这个意念驱使着我，我毫不犹豫地关上家门，任由步伐带领着我前进。

我转进小巷子，隐身在夜影中。我看到我最好的朋友坐在椅子上，和他的爸爸聊得正起劲。我不想打断他们，于是转过身，继续走着，却又不知道该何去何从。我走到学校的铁栅栏门前，大门微敞着，我推开门走进去，操场空空荡荡寂静无声，至少我这么以为。就在走近七叶树前时，一个声音喊住了我。

"我就知道能在这里找到你。"

我吓了一跳，转过身去，伊凡正坐在长椅上看着我。

"过来坐在我身边。经过这么久的时间，我们应该有很多事可以聊。"

我在他身旁坐下，问他来这里做什么。

"我参加了你母亲的葬礼。我很遗憾，你妈妈是我非常尊敬的女士。因为我到得有点晚，所以站在送葬队伍的后头。"

伊凡来参加妈妈的葬礼让我非常感动。

"你到学校操场来干吗？"他问我。

"我没有半点想法，我过了很难过的一天。"

"我知道你会过来。我不只是来参加你母亲的葬礼，我还想来看看你。你仍然拥有跟从前一样的目光，虽然我一直相信这一点，但还是想确认一下。"

"为什么？"

"因为我认为我们两个都想趁着回忆消失之前，赶紧回溯，以寻回一些记忆。"

"你后来怎么样了？"

"跟你一样，我转换了生活领域，建立了新生活。但你当年还是小学生啊，你离开这个学校和这个小城之后做了什么呢？"

"我是医生，嗯——差不多算是啦！不过我连自己的妈妈生病了都没有察觉，我自以为能从其他人的眼里看出一些不易察觉的东西，却不知道自己比他们更盲目。"

"你还记得我跟你说过，如果有一天你心里有事，却没有勇气说出口，你可以相信我，跟我说，我绝不会出卖你。也许今夜不说就再也没有机会了……"

"我昨天失去了妈妈，她从来没向我提过她的病情。而今晚，我在阁楼里找到她之前藏起来的我爸爸写给我的信。人们一旦开始说谎，就再也不知如何停止。"

"你爸爸写了什么给你？如果这不是隐私的话。"

"他说每年我领奖时他都会来看我，他总是远远站在铁栅门后，我竟然曾经离他如此之近却又如此之远。"

"他没再说别的吗？"

"有，他向我坦承他最后放弃了。他为了那个女人离开我的母亲，然后和她有了一个儿子。我多了一个同父异母的弟弟，他似乎跟我很像，这下子我有了一个真的影子。很有趣，对吧？"

"你打算怎么做？"

"我不知道。在他最后一封信里，我爸爸谈到他的懦弱，他说他想为新的家庭建立未来，他从未有勇气要他们接受他的过去。我现在知道，他的爱都到哪里去了。"

"你从小与别的孩子的不同之处，就是你有能力感受不幸，不止于你自身涉及的，也包含其他人遭遇到的。而你现在只是长大了。"

伊凡对我微笑，接着向我提出一个奇怪的问题。

"如果童年的你遇上了长大成人的你，你认为这两个你会不会相处得很融洽，进而成为同党呢？"

"你究竟是谁？"我问他。

"一个拒绝长大的男人，一个被你解放自由的学校警卫，又或是在你需要朋友时虚构出来的影子，全都取决于你的定义。我欠了你的恩情，我想今夜是清偿的好时机。说到好时机，你还记得我曾经跟你提到过的浪漫邂逅吗？我记得你当时正在经历人生第一次的爱情幻灭。"

"没错，我想起来了，我那天也蛮低落的。"

"你知道吗，所谓好时机，也适用于重逢时刻。你应该去我的工具间后面晃晃，我想你留了某样东西在那里。某样属于你的东西。去吧！我在这里等你。"

我起身，走到小木屋后方，但即使我望遍四周，也找不到任何特别的东西。

我听到伊凡的声音，叫我仔细寻找。我跪在地上，清澈的月光照得满地清晰如白昼，但我仍然一无所获。风开始呼啸，一阵狂风卷起灰尘，吹得我满脸都是，连眼皮都合上了。我找到一只手帕擦了擦眼睛，才得以重见光明。在上衣口袋里（正是我穿去听音乐会的那一件），我发现了一张纸，上面有一位大提琴家的亲笔签名。

我走回长椅，伊凡已经不在了，操场再次空无一人。在他刚才坐过的位子上，有一只信封被压在一颗小石子下。我把信拆开，里面有一封影印的信，印在一张非常美丽但因岁月而略略泛黄的信纸上。

我一个人坐在长椅上，重读这些字句。也许正因为妈妈在信中写到，她最大的心愿就是我将来能开心地茁壮成长；她期盼我找到一份让自己快乐的工作，不管我人生中作出什么选择，不论我会去爱或是被爱，都希望我会实现所有她对我寄予的期望。这一次，也许正是这些句子，解放了一直将我禁锢在童年的枷锁。

第二天，我关上家里的百叶窗，又和吕克道了别，坐上妈妈的旧车，我开了整整一天的车。傍晚，我抵达了滨海小镇。我把车停在防波堤前，跨过老灯塔的铁链，一直爬到塔顶，然后取下我的风筝。

一看到我来，小旅馆的老板娘露出比上次还抱歉的脸色。

"我还是没有空房间。"她叹了口气告诉我。

"这一点也不重要，我只是来看一位寄宿的老人家，我知道该到哪里找他。"

布夏太太坐在扶手椅上，她起身走过来见我。

"我没想到你会兑现承诺，真是惊喜。"

我向她坦承我不是来看她的。她垂下双眼，看到我手中的袋子，又瞥见我另一只手中的风筝，然后笑了。

"你很幸运，我不敢说他今天神志清楚，但还算是状况良好。他在房里，我带你过去。"

我们一起上楼，她敲了敲门，我们走进小杂货店老板的房间。

"里奥，你有访客。"布夏太太说。

"真的吗？我没在等人啊！"他一边回答一边把书放在床头柜上。

我走近他，把我可怜兮兮的老鹰风筝拿给他。

他凝视了风筝好一会儿，然后脸庞突然亮起了光彩。

"真有趣，我曾经把一只长得很像的风筝送给一个小男孩，他妈妈很吝啬，不愿意送他这份生日礼物。为了不让他妈妈不开心，小男孩每天晚上都会把风筝寄放在我这里，第二天早上再拿走。"他说道。

"我欺骗了您，我妈妈是一位最仁慈的女士，如果我向她要求的话，她会把全世界的风筝都买下来送给我。"

"其实啊，我知道这是那小子捏造的谎言，"老先生没有听我说话，继续说下去，"不过小家伙一副拿不到风筝就很难过的神情，让我忍不住想把风筝送给他。唉，我看过很多小孩子站在我的小杂货店前渴望它。"

"您能不能把它修好？"我兴奋地问他。

"应该要修好啊，"他对我说，好像只听到一半我所说的话，"像现在这个样子，可就飞不起来了。"

"这正是这名年轻人的请求，里奥，你也注意听一下话吧，这样很伤脑筋啊！"

"布夏太太，既然这是这名年轻人来找我的原因，与其在这里教训我，不如去帮我采买修理风筝的工具，这样我就能立刻开始动手。"

　　里奥列出他需要的工具清单，我拿了单子就往五金行冲去。布夏太太陪我走到门口，悄悄在我耳边说，如果我刚好可以顺道经过烟草店，她就会是全世界最幸福的女人。

　　我在一小时后返回小旅馆，两项任务都完成了。

　　小杂货店老板跟我约了第二天中午在沙滩见，他无法保证什么，但他会尽力。

　　我邀请布夏太太共进晚餐，我们谈到克蕾儿，我把一切都告诉了她。当我陪她走回旅馆时，她在我耳边低声说了一个主意。

　　我在市中心的小旅馆找到一间空房，头一沾枕头就昏睡了过去。

＊　　＊　　＊

　　中午，我站在沙滩上，小杂货店老板准时在布夏太太的陪伴下到达。他展开风筝，骄傲地向我展示，翅膀已经补好，骨干也已修复，尽管我的"老鹰"看起来有点残破，但仍然重现了光彩。

　　"你可以试着让它飞一小段看看，不过要小心，它毕竟不是当年的飞鹰了。"

两个小的"S"，一个大大的"8"，风筝顺着一阵风飞了起来，线轴快速转动，里奥不断地鼓掌。布夏太太搂住他，把头靠在他的肩上。他脸红了，她向他道歉，但仍维持着同样的姿势。

"虽然我们孀居，"她说，"可不代表我们不需要一点儿柔情。"

我谢过他们两位，就在沙滩上与他们道别。我还有一大段车程要开，而我已经迫不及待要赶回去。

*   *   *

我打电话给主任，借口因办理妈妈的丧礼需要比预期多一点时间，所以会晚两天回去上班。

我知道，人一旦开始说谎，就很难不继续下去。但我管不了那么多，每个人都有自己的理由。这一次，我也有我非得如此不可的理由。

我在下午时间出现在音乐学院，警卫马上就认出了我。他的喉咙已经痊愈，他一边说着一边让我走进他的办公室。我问他能不能再帮我一次。

　　这一次，我要找的是克蕾儿·诺曼最近的音乐会时间和地点。

　　"我对此一无所知，不过如果你要见她，她就在一楼走廊尽头的一〇五教室。但是你得再等一会儿，这个时间她正在教课，课程要到四点才会结束。"

　　我的穿着并不得体，一头乱发，胡子也没刮，我想了上千个理由阻止自己过去，我还没作好心理准备。不过最终我还是抵抗不了想见她的渴望。

　　她的教室是透明的玻璃隔间。我站了好一会儿，从走廊上看着她，她正在教一群小孩子。我把手放在玻璃上，其中一个学生转过头，一看到我就停下演奏。我赶紧低下身，手脚并用像个笨蛋般狼狈离开。

　　我在街上等待克蕾儿。她一走出音乐学院，就把头发绑起来，提着书包走向公交车站。我尾随她，仿佛追逐着她的影子。阳光照在她身后，她就走在我前方，距离几步之遥。

　　她上了公交车，我坐在第一排，转头望向窗户，克蕾儿则坐在后方的坐椅上。每次公交车靠站，我都感到一阵心跳加速。经过六站以后，克蕾儿下车了。

　　她走到街上，完全没有转过身。我看着她推开一栋小建筑

物的大门。几分钟后，四楼——也就是最高的一层楼的两扇窗
户点亮了灯，她的身影在厨房及客厅间穿梭，她的房间正对着
院子。

我坐在路边的长椅上等待，双眼须臾不曾离开她的窗户。六
点钟，一对夫妇走进大楼，三楼的灯亮起。七点，是一位住在二
楼的老先生。十点，克蕾儿公寓的灯熄了。我逗留了一会儿才离
开，带着满心的欢欣喜悦——克蕾儿一个人住。

次日清晨，我回到原地，早晨和煦的风微微吹拂，我带来了
我的风筝。才刚展开，"老鹰"的双翼就鼓了起来，然后快速飞
起。几个行人饶有兴味地停下脚步观看，然后才继续赶路。修补
过的老鹰风筝沿着建筑物正面攀爬而上，还在四楼的窗户前旋转
了几圈。

当克蕾儿注意到风筝时，她正在厨房泡茶，她简直不敢相信
自己的眼睛，吓得把手上的早餐杯摔碎在地砖上。

几分钟过后，大楼的门打开，克蕾儿朝我冲了过来。她目不
转睛地看着我，对着我微笑，把手放进我的手里，不是为了握我
的手，而是要抓住风筝的手柄。

在城市的天空里，她用纸老鹰画出大大的"S"和无数个完
美的"8"。克蕾儿向来擅长在空中写诗，当我终于看懂她写的

句子时，我读出："我想你。"

　　一个会用风筝向你写出"我想你"的女孩啊，真让人永远都忘不了她。

　　太阳升起，我们的影子肩并肩拖长在人行道上。突然，我看到我的影子倾身，亲吻了克蕾儿的影子。

　　于是，无视于我的羞怯，我摘下眼镜，模仿影子的动作。

　　就在这个早晨，远方防波堤旁的小小废弃灯塔里，塔灯仿佛又开始转动，而回忆的影子正低低向我述说这一切。

（全文完）

致谢

谨向诸位致谢——

宝琳	若埃尔·赫诺达
路易	罗伯特·拉丰出版社的所有成员
*	*
苏珊娜·莱尔	宝琳·诺曼
*	娜塔莉·勒拜
伊曼纽尔·阿赫杜安	*
雷蒙德、丹尼尔和萝涵·利瓦伊	里奥那·安东尼
*	何曼·呼奇
妮可·拉堤	丹尼尔·梅勒哥尼昂
理欧娜罗·布宏多理尼	卡特汉·欧达普
安东尼·卡候	马克·凯思勒
伊丽莎白·维娜尔	劳拉·马默乐克
安-玛丽·朗方	劳伦·冯德刚
亚希尔·斯柏候	凯希·格隆哥斯
希丽维·巴赫多	莫伊娜·马斯
婷·吉赫伯	布什吉特与莎哈·佛希喜耶
丽蒂·乐华	

他们眼中《偷影子的人》

什么样的一本书，会让你看完想静静淌着泪回味一下，同时感到温馨、诙谐、爱、喜悦和哀伤，这么复杂却又纤细的情感交织出这本《偷影子的人》。好想知道我的影子会说出我的什么秘密。

——知名艺人吴佩慈

马克·李维的新书销售得比他影子消失的速度还快！上市一周狂销四十五万册，我们毫不质疑这美丽的故事满溢着许多睿智片段。

——《新观察家周报》

2010年夏季，法国最畅销的小说！

——《电讯报》

一首对童年、梦想以及想象力的颂歌。作者写作技法栩栩如生，极富电影般的临场感。

——《费加罗报》

马克·李维非常善用自身过人的感受力，从亲身经历中深掘出滋养书中人物及故事的生命力，而作家对营造美丽爱情故事的写作才华以及对书中角色精辟的心理分析，绝对不会让读者失望。

——《费加罗文学周报》

为了延长阅读的感动，我重读了数次，让自己沉浸在故事氛围里……终于合上书时，仿佛也合上了自己的童年和青春，它们沉睡在记忆深处，正是被马克·李维唤醒的！

——*Yuki*

这本书让我深深感动，甚至潸然泪下。它清新又纯真，充满了"小小的幸福感"，让我度过了很美妙的阅读时光，也为我保留了心里的悸动和孩童般的无邪灵魂，读完真的觉得心情愉快！

——*Framboise 64*

以魔幻笔触贯穿全书，将我们卷入浪漫主义的浪潮……让我们读到尾声时仍旧不舍抽离，那些我们惯于隐藏、隔离在记忆深处的回忆，那些关于我们自己、关于青春、关于童年的一切。

——*Christian Aufranc*

率真且生动，马克·李维至今最动人的小说。

——《家乐福新知》

一个爱与友情盛开的美丽世界，在此，想象力超越了一切日常生活及人际关系。

——《东部快报》

透过《偷影子的人》，马克·李维为我们带来一个浪漫又动人的故事。

——《女性观点》杂志

非常棒的小说。充满美丽情感的故事，书中满是幽默、感动、真情、爱情和友情。马克·李维又一次为我们献上了感人肺腑的大作！

——*Nell 40*

每次出书平均售出上百万册，十年的写作生涯，销售超过两千多万册，这样的战绩让马克·李维荣登最多读者阅读及最多翻译语言的法国作家。他的第十部小说《偷影子的人》当然也依循惯例狂销四十五万册，如同李维一贯的风格，本书以童年、爱情及友情调和成一道风味酱汁，还掺入了少许《小淘气尼古拉》的幽默笔触。

——《快讯周刊》

马克·李维很擅长说故事，他知道如何以热情和温暖来俘获读者的心……在这个感人的故事里，他娓娓述说着一个孩子能透过影子听到他们的想法、希望与痛苦的故事。在此，马克·李维也隐约将部分的自己投射其中。

——《巴黎–诺曼地报》

您可在以下网站搜寻到所有关于马克·李维的消息

www.marclevy.info

欲知更多关于《偷影子的人》的消息，请登录

www.levoleurdombres.com

图书在版编目（CIP）数据

偷影子的人：精装插图版 /（法）马克·李维
（Marc Levy）著；段韵灵译 . — 长沙：湖南文艺出版
社，2018.11
ISBN 978-7-5404-8852-9

Ⅰ . ①偷… Ⅱ . ①马… ②段… Ⅲ . ①长篇小说—法
国—现代 Ⅳ . ① I565.45

中国版本图书馆 CIP 数据核字（2018）第 216192 号

著作权合同登记号：18-2014-093

Le voleur d'ombres by Marc Levy
Copyright © 2010 Marc Levy/Versilio
Published by arrangement with Susanna Lea Associates through Bardon-Chinese Media Agency
Simplified Chinese translation copyright © 2018 by China South Booky Culture Media Co., Ltd.
ALL RIGHTS RESERVED

上架建议：畅销外国文学

TOU YINGZI DE REN:JINGZHUANG CHATU BAN
偷影子的人：精装插图版

作　　者：［法］马克·李维
译　　者：段韵灵
出 版 人：曾赛丰
责任编辑：薛　健　刘诗哲
监　　制：蔡明菲　邢越超
策划编辑：马冬冬　文雅茜
特约编辑：尚佳杰
版权支持：辛　艳　张雪珂
营销支持：张锦涵　傅婷婷　文刀刀
版式设计：@broussaille 私制
封面设计：蔡南昇
美术设计：棱角视觉
内文插图：心大星工作室
出版发行：湖南文艺出版社
　　　　　（长沙市雨花区东二环一段 508 号　邮编：410014）
网　　址：www.hnwy.net
印　　刷：北京鹏润伟业印刷有限公司
经　　销：新华书店
开　　本：880mm×1230mm　1/32
字　　数：180 千字
印　　张：9
版　　次：2018 年 11 月第 1 版
印　　次：2018 年 11 月第 1 次印刷
书　　号：ISBN 978-7-5404-8852-9
定　　价：49.80 元

若有质量问题，请致电质量监督电话：010-59096394
团购电话：010-59320018